秘書見習いの溺愛事情

プロローグ　夏目向日葵《なつめひまわり》です

目の前にそそり立つ近代的なビル。その存在感に、夏目向日葵はコクリと喉を鳴らした。

「大きい……」

壁全面がガラス張りになっているそれは、降りそそぐ秋の日差しを鈍《にぶ》く反射させ、黒光りしている。

決して眩《まぶ》しすぎないその光が、メタリックな外観をさほど違和感なく周囲のビル群に溶け込ませているのだが、それでも大学四年生の向日葵には高圧的な建物に思えてしまう。

ショウノ・ホールディングス。

明治時代、華族《かぞく》であった庄野院《しょうのいん》家《け》は明治政府より勅命《ちょくめい》を受け、炭鉱開発事業に着手した。それを発端として、激動する時代の荒波に揺らぐことなく事業を拡大してきたのだ。現在では、石油、天然ガスの開発と生産販売、それに関連する技術サービスを主な事業としている。

だが、そんな知識を持ち合わせていない向日葵は、ただただ眼前のショウノ・ホールディングス本社ビルの大きさに圧倒されていた。

ビルに出入りする人々も皆自信に溢れ、いかにも如才《じょさい》なく仕事をこなせそうな社会人オーラを放っている。彼らを見ていると、自分がここにいていいものかと不安になってしまう。

――入り口にショウノ・ホールディングスの名前しか書いてないってことは、このビルで働いている人全員が、この会社の社員ってことだよね。

――そんなにたくさんの人が必要な仕事が、この世にあるのかな？

正しくは、ここはショウノ・ホールディングスの本社。企業全体で考えれば、社員は日本全国どころか世界中にいた。だけど自宅とその周辺の商店街、そして大学の間のみを行き来してきた向日葵には、そこまで考えが及ばない。

「こんな大きな会社の就職試験に、私が受かるわけないよね……」

面接を受ける前から、弱気が襲う。

どうせ落ちるなら、面接を受けずこのまま帰ろう。そんな思いまでこみ上げてくる。

大学卒業後は、家業である煎餅屋《せんべいや》の手伝いをする気でいた向日葵としては、こんな大きな企業で働く自分の姿なんて想像もつかない。

「――っ」

自分を落ち着かせるために、目を閉じて深呼吸を一つ。

すると、自然とあの人の顔が思い浮かぶ。

いくつもの本が落ちてくる中、自分を守ってくれた〈ハムスター王子〉。

すっとした鼻筋と、切れ長の目。いかにも大人の男性らしい穏やかさは、どこか艶《つや》やかな黒毛の大型犬を連想させた。あの彼は、今もこの会社で働いているのだろうか。

「ハムスターが大好きな、ハムスター王子」

昔勝手につけたあだ名を口にするだけで、不思議と心が落ち着く。

まだ彼がここで働いているのであれば、なにかの偶然でもう一度会えるかもしれない。そう考えると、さっきまで弱気に覆われていた心に明るい光が射す。

「よしっ！」

向日葵は、気合を入れるために自分の頬を軽く叩いて、ショウノ・ホールディングスビルへと足を進めた。


自動ドアを潜《くぐ》り、大理石のロビーを進むと、正面の受付カウンターに座っていた女性が二人、同じタイミングで向日葵に会釈《えしゃく》をする。向日葵は勢いのまま彼女たちに話しかけた。

「あの、すみません」

「はい、なんでしょう？」

——うわっ！　二人とも美人で、なんだかお人形さんみたい。

思わず心の中で感嘆の声をあげた。

女性たちは髪を綺麗にまとめ、毛穴がないのではと思うほどに丁寧な化粧をしている。

——派手じゃないのに綺麗って感じさせるお化粧には、なにか特別なコツがあるのかな？

——それとも、持って生まれた素材の違いのせいかな？

何にせよ自分がどれだけ化粧を頑張ったところで、きっとこうはならないだろう。さすが大手企業に勤める人は、化粧一つとっても違う。

——やっぱり私がこの会社で働くなんてあり得ない。

目の前にいる二人の女子力に圧倒されつつ、向日葵は遠慮がちにまた話しかけた。

「この時間にこの会社の高梨《たかなし》さんを訪ねるように言われたんですけど」

「高梨……？」

「はい」

今日の面接をセッティングしてくれた彼は、受付で自分の名前を伝えるように言っていた。

「高梨とおっしゃられましても、当社には何人もいますので……」

受付嬢の一人が、困ったような笑みを浮かべた。

確かにこれほど大きな会社なのだから、同じ苗字の人はたくさんいるだろう。

「そうですよね。……えっと、もらった名刺に下の名前も書いてあったはず。……あ、あった！」

慌てて鞄《かばん》を漁《あさ》った向日葵は、彼からもらった名刺を取り出した。

「えっと……専務第一秘書の高梨秀清《ひできよ》さんです」

「えっ！」

名刺を探す間、眉一つ動かさず穏やかに微笑んでいた二人が、小さく驚きの声を漏らした。

「もう一度、今のお名前を言っていただいてもよろしいでしょうか？　あと申し訳ございません、お客様のお名前もいただきたいのですが……」

『お名前をいただく』という聞き慣れない言い回しに少し戸惑ったものの、すぐに名前を教えてほしいと言われていることに気付いた。

「専務第一秘書の高梨秀清さん。その人に、この時間に来るように言われているんです。私の名前は、夏目向日葵です」

「……夏目……向日葵……？」

両親が、すくすく大きく育つようにと願って付けてくれた名前だ。自分では気に入っているのだが、初対面の人には怪訝《けげん》な顔をされることも多い。

「はい。夏目向日葵です」

もう一度繰り返すと、受付の二人は微笑むことも忘れて、カウンターの向こうで来客リストに指を走らせる。そして「あった！」と小さな声をあげ、なにかを確認するようにお互いの顔を見つめた。

そして目で合図らしきものを送り合うと、向日葵に視線を戻して立ち上がり、深々と頭を下げた。

「失礼いたしました、夏目様。来客予定リストにお名前がありましたのに見落としておりました。高梨は三十四階で待っておりますので、これを着けてそのままエレベーターでお上がりください」

「……『様』なんて」

こんな綺麗なお姉さんに『様』を付けて呼ばれると、なんだかこそばゆくなってしまう。

向日葵は照れ笑いを浮かべながら『ＧＵＥＳＴ』と書かれた名札を受け取り、二人のお辞儀を背にエレベーターへと向かう。

エレベーターを待つ間、側に備え付けられている鏡で自分の姿を確認してみた。

身長一五〇センチちょっと。女子としても小柄な部類に入る自分の特徴といえば、ハッキリした二重の目と、癖のある栗色の髪くらいだろうか。

——ハムスター王子は、さっきのお姉さんみたいな綺麗な人たちに囲まれて働いているんだよね。

だとしたら、特別人目を惹《ひ》く容姿でもない、ましてや四年前に一度会っただけの高校生のことなど、忘れてしまっているだろう。

——私にとっては、忘れられないファーストキスの相手なのに。

そんなどこか拗《す》ねた思いを抱えてエレベーターに乗り込む。

そうして向日葵は、ハムスター王子との出会いを思い出していた。

1　始まりは本屋さん

　高校三年生の九月、学校帰りの向日葵はいつもとは違う駅で降り、そこに隣接した三階建ての書店に向かった。

　丸の内のオフィス街の近くにある広々とした書店。中は、向日葵が普段寄り道する商店街の本屋さんとは違い、上品で落ち着いた空気に満ちている。店内に並ぶ本たちも、それだけで何故か商店街の本屋さんに並ぶ本より高級品に見えた。

　――これで売っている本の値段が一緒って、なんだか変なの。

　商店街でも扱っている煎餅《せんべい》や野菜は、原価や品質が同格なものでも、売っている場所によって値段が大きく違ってくる。だけど本は、東京だけじゃなく日本全国、どんな規模のお店でも値段が変わらないから不思議だ。

「これだけ本があれば、勉強したいこと見つかるかな？　……それにしても、おばあちゃんには勝てないなぁ」

　向日葵は、昨夜のことを思い出して小さく唸《うな》りつつ、店内をゆっくりと歩き始めた。

　児童文学――子供は大好きだけど、保育士さんってピアノ弾けないと駄目なんだっけ？

　漫画コーナー――読むのは好きだけど、描くのは無理。

建築関連書籍――興味なし。

医療関連書籍――血を見る勇気がないです。

気ままに店内を歩く向日葵は、それぞれのコーナーを覗いては、自分なりの考えをまとめていった。

――それにしても、やっぱり大きな本屋さんは、品ぞろえが違うなぁ。

感心する反面、選択肢が広がりすぎて余計に悩んでしまう。

「別に大学行かなくてもいいんだけどな……」

こんな風に悩んでいるのは、昨夜突然、祖母の京子《きょうこ》に大学進学を勧められたからだ。

進学校に通っているわけでもなく、進学など高校三年生二学期の今になるまで一度も話題に上ったことがない。当然向日葵としては大学に進む気などなかった。

向日葵は、煎餅屋《せんべいや》を営む祖父母と三人暮らし。高校を卒業したら、家業である『夏目煎餅《なつめせんべい》』を手伝うつもりでいる。

そう話す向日葵に、京子は頑《かたく》なまでに大学進学を勧めた。というより、強要したという方が正しいかもしれない。

しかも急にそんなことを言い出した理由が、「その方が〝お得な男性〟との出会いがありそうだから」だというのだから、納得がいかない。

夏目煎餅の会計と、夏目家の財布の管理を一手に引き受けている京子は、損得勘定に厳しい。よくソロバン片手に、「最終的にお得なら初期投資は許す。だけど無駄使いは許さないよ」と、祖父の勘吉《かんきち》に小言を言っている。その彼女の頭が、向日葵には大学進学させた方が最終的にお得、と弾き出したらしい。

勘吉は、「特に勉強したいことがあるわけでもなく、そもそも勉強が好きじゃない向日葵に、無理して進学させなくても……」とフォローを入れてくれたけど、普段から女房の尻に敷かれっぱなしの彼が京子に勝てるわけもない。結局向日葵は、急な進路変更を余儀《よぎ》なくされた。

――お店はいつでも手伝えるんだから、とりあえず大学に進学するのも悪くないかな。

進学しなければ家を追い出しかねない勢いの京子を前に、向日葵はそう結論を出した。

とはいえ、向日葵にだって譲れない条件がある。

環境の変化が苦手な向日葵にとって、進学のためとはいえ家を出るなんてあり得ない。それに家には、早くに亡くなった両親の仏壇もあるので、離れるのは寂しい。

浪人せずに入れて、自宅から通える大学。……で、どうせなら、自分が楽しんで勉強できる学部がいい。だけどどんな勉強なら楽しめるのかがわからないので、それを考えるために、こうして大きな書店まで足を伸ばしてみたのだった。

経済経営――は、計算が苦手だから問題外……

ここに用はないと素通りしようとした向日葵は、一瞬鼻孔《びこう》をかすめた爽やかな匂いに足を止めた。

甘さを含んだ柑橘類《かんきつるい》のような匂い。その出所を探して周囲を見渡すと、背の高いスーツ姿の男性が二人、向日葵の目についた。

そのうちの一人、短い黒髪を後ろに流している男性は、真剣な表情で難しそうな経済の本に視線を走らせている。もう一人の男性――銀縁の眼鏡を掛け、少しちぢれた鳶色《とびいろ》の髪を左右に分けている彼は、二人分のビジネスバッグを持ち、黒髪の男性の様子を静かに見守っていた。

――若い……二人とも二十代だよね。若いのにビシッとしていて、ビジネスマンって感じ。

――それに二人とも、すごくハンサム。

若いのに上品な質感のスーツを着こなす二人の姿に、思わず見とれてしまう。

もちろん向日葵の暮らす下町の商店街でも、スーツ姿の男性を見かけることはある。だけどそんな人たちはビジネスマンというより、サラリーマンという言葉の方がしっくりくるのだ。

――この違いは、スーツの違いかな？

――ああ、襟元のバッジのせいかも。丸の内だし、会社がこの辺なのかな？

二人とも、向日葵にも見覚えのある有名な会社――ショウノ・ホールディングスのロゴが入ったバッジを身に付けている。きっとそこの社員なのだろう。

本を物色するふりをして二人を観察していると、向日葵の視線は、自然と黒髪の男性の方へと引き寄せられた。

すっとした鼻筋と、伏し目がちにしていても切れ長だとわかる目元。横顔でも端整な顔立ちであることが窺《うかが》える。目尻が上がり気味の、鳶色の髪をした彼を猫だとすれば、黒髪の男性は穏やかな黒毛の大型犬を連想させる。

――それにしても、どうしてだろう……？

初対面のはずなのに、彼を見ていると不思議と懐かしい気持ちになる。そのまま説明のつかない感情の出所を探っていたら、ふと、鳶色の髪をした彼が向日葵の存在に気付いた。

ギョッ！

漫画だったらそんな擬態語《ぎたいご》までつきそうな表情で向日葵の顔を凝視《ぎょうし》する。そうして本を読みふけっているもう一人の男性の袖口を引っ張った。顔を上げた黒髪の男性は、鳶色の髪をした彼の視線を辿り、向日葵を見た。

「――っ！」

黒髪の男性は、さっきの彼以上に驚きの表情を浮かべ、息を大きく吸い込んだ。

なにか言いたげに自分を見つめる彼の視線に、向日葵の頬が熱くなる。

――私……なにか変かな？

そこで向日葵は、きっと難しいビジネス書が並ぶコーナーに高校生がいることに驚いたんだろう、と考えた。

――お仕事の勉強の邪魔をしてごめんなさい。

そんな意味を込めて軽く頭を下げる。それからビジネス書コーナーを抜けた向日葵は、旅行関連書籍のコーナーで足を止めた。

「……」

意識しないでおこうと思っても、視線は表紙を飾る飛行機の写真に引き寄せられてしまう。

過去の記憶が蘇《よみがえ》り、チリチリと焼けるような痛みに胸を押さえた。

――飛行機に乗らなきゃいけないような仕事は絶対に無理。

小さく首を横に振り、逃げるようにその場から離れた向日葵は、今度は趣味の書籍が並ぶコーナーで足を止めた。

――お料理やお裁縫は好きだから、そっち関連がいいかも。

そのコーナーを見ると、お菓子作り、編み物といった女性受けしそうな書籍は左側に、将棋やゴルフといった男性受けしそうな書籍は右側に集中している。その二種類の書籍の間には、園芸やペットといった、両者に需要がありそうな書籍が並べられていた。

コーナーの中間あたりで立ち止まった向日葵は、四季の花々が紹介されている本を手にしてパラパラとページを捲《めく》った。

「……あった」

なずなの写真が掲載されているページで手を止めると、懐かしそうに目を細める。

夏目なずな。

それが向日葵が六歳の時、父親の満作《まんさく》と一緒に飛行機事故で亡くなった母親の名前。

お互い植物の名前が付いていることがきっかけで付き合い、やがて結婚した二人は、生まれた最愛の一人娘に、『すくすく大きく、元気に育つように』という願いを込めて〈向日葵〉と名付けた。

――身長はご希望に応《こた》えられなかったけど、元気にやっているから許してね。

向日葵は、なずなの花の写真を指で撫《な》でた。

「……ん？」

不意に、さっきの爽やかな香りが背後から漂ってきた。それと同時に、すぐ後ろに人が立つ気配を感じる。

この香りは、さっきのビジネスマンのうちの、どちらかの香水だろう。

――さっきの黒髪の人、大人の男の人って感じがして、カッコよかったな。

――ああいう人は、どんな趣味を持っているのかな？　後ろの人が、黒髪の人の方だといいのに。

そんなことを考えながら、背後に立つ彼が本を選ぶ瞬間を待っていると、突然、目眩《めまい》を感じた。

グラリッと足元から崩れるような揺れに驚いて、手にしていた本を落としてしまう。

慌てて体を屈《かが》めて本を拾おうとすると、再び視界が大きく揺れた。本能的な恐怖から身動きできなくなる。

その時、向日葵の肩にたくましい手が触れた。

「――！」

その手に引き寄せられ、背後から強く抱きしめられる。

自分を包み込む上質なスーツをまとった腕と爽やかな香りから、抱きしめているのはさっきのビジネスマンのうちのどちらかだということがわかる。けれどそれに驚く以前に、なおも続く揺れが怖くて身動きが取れない。

ドサッ　バサッ
俯《うつむ》く視界の端に、本が乱暴に床に散らばっていくのが見える。

――地震！

向日葵は一足遅れで、この目眩が建物全体の揺れのせいであることに気付いた。

その間も揺れは続き、見せるレイアウトが仇《あだ》となったのか、本がいくつも床に打ちつけられる。中には大判サイズの本もあるようだ。

あんな本の角が勢いよく当たれば、酷《ひど》い怪我をするかもしれない。なのに、それらの本が自分に当たる気配はない。

——ああ、そうか。この人が、私を守ってくれているんだ。

向日葵は、背後から突然抱きしめられた意味を理解した。咄嗟《とっさ》の判断で自分を守ってくれたその人が、二人のうちどちらなのか確かめたくて肩と首を大きく捻《ひね》る。

「…………あっ」

その瞬間、自分の唇に柔らかな感触が触れ、思わず息を呑んだ。

「——っ」

向日葵を抱きしめている人も、突然の出来事に驚いて息を呑んでいる。戸惑いを隠せない彼の息遣いが、触れ合う唇から伝わってくる。

向日葵も突然のことに頭が真っ白になり、またもや動けなくなってしまった。

——……わ、私……キスしてる。

向日葵は停止しかけた思考回路をどうにか動かして、何とかそれを理解した。と同時に、羞恥心《しゅうちしん》で足から力が抜けていくのを感じる。

いつの間にか地震は収まっていた。けれど心なしかまだ揺れているような気がして、その場に崩れ落ちる。

するとそれは、黒髪の男性の方だとわかった。


「大丈夫？」

するとと相手との間に距離ができ、自分の口付けの相手が、黒髪の男性の方だとわかった。

「えっと……」

守ってくれたお礼を言わなくては。頭ではわかっているのだけれど、言葉が続かない。

そんな向日葵に視線を合わせるため、男性が膝を屈《かが》めた。心配そうな視線を送ってくるその顔は、心なしか赤い。

「その……こんなつもりでは……」

戸惑った口調で話す彼の口元をつい見てしまい、向日葵は無意識に人差し指と中指で自分の唇を押さえた。混乱する頭で、これはファーストキスになるのだろうかなどと考える。

そうしているうちに、黒髪の男性は何か言葉を探すようにしながら向日葵に手を差し伸べた。

「あの日……ハムスターを」

「若っ！」

その手に掴まろうとした向日葵は、突然の声に驚いて思わず手を引っ込めた。黒髪の男性も、弾かれたように姿勢を正す。

二人そろって声の方向に視線を向けると、さっき黒髪の男性と一緒にいた鳶色《とびいろ》の髪の彼が、床に散乱する本を踏まないよう器用に飛び跳ねながら駆け寄ってきた。

「若、お怪我は？」

「問題ない」

「でも本が当たりましたよね。念のため、病院に行った方が……」

「必要ない」

鳶色《とびいろ》の髪の彼はおろおろとした様子で、素っ気ない態度で答える黒髪の男性の全身を観察している。黒髪の男性は、「若」と呼ばれることにも、過保護なまでに心配されることにも慣れているのか、照れたり戸惑ったりする様子はない。ただ不機嫌そうな視線を相手に向けているだけだ。

――私なら、こんなに過保護に心配されたら恥ずかしくて困っちゃう。

――それに普通に「若」なんて呼ばれて、この人何者なんだろう？

床に座り込んだまま二人のやり取りを見上げていた向日葵は、とりあえず立ち上がろうと床に手をついた。その拍子に指に本が触れる。

『可愛いハムスターの飼い方』。

丸い可愛らしい文字でそう書かれている本の表紙には、ヒマワリの種を持つハムスターの写真が掲載されている。

――そういえばさっきこの人、ハムスターがどうのって言っていたような……

――もしかしてさっき手を差し伸べてくれたのは、この本を取りたかったから？

本を手に取り黒髪の男性を見上げると、向日葵の視線に気付いたのか、彼も向日葵を見た。

視線が合うだけで頬が熱くなってくる。けれど、相手は大人のビジネスマン。

――きっと高校生との事故みたいなキスなんて、気にしてないよね。

――恥ずかしがっている私の方が逆に恥ずかしいかも……。気にしてないフリしなきゃ。

「……君が…………」

「あのっ！　好きなんですか？」

黒髪の男性とハムスターの写真を見比べていた向日葵は、恥ずかしさを誤魔化すように大きな声をあげ、手にしていた本を差し出した。

「……えっ？　好き？」

男性は、何故かぎょっとしたような顔をした。

「小さくて可愛くて、見ていて飽きないですよね」

「ああ……確かに、小さくて可愛い。……好き、なのかもしれない」

――そうか。やっぱりハムスターが好きなんだ。

――さっきこの人の手に間違って掴まったりしなくてよかった。

安堵の笑みを浮かべてさらに本を突き出すと、黒髪の男性は口をパクパクさせながらも膝をつき、本を受け取った。

「よかった。……？」

そう言いつつも向日葵は、黒髪の男性がさっきより赤い顔をしているのに気づいた。

――私を庇《かば》ったせいで、やっぱりどこか怪我をしたのかな？

そんな不安から、思わず男性の頬に手を伸ばす。

「――！」

「やっぱり、熱い。大丈夫ですか？」

——頭を打った拍子に熱を出すなんてことあるのかな？

頬から額へと探るように手を動かしながら、向日葵は心配げに黒髪の男性を見上げた。その拍子に彼と目が合うと、また自分の行動が恥ずかしくなってくる。

——私、初対面の男の人になにしているんだろう。

「ご……ごめんなさい」

「いや。それより……あの日の……」

慌てて手を引っ込めると同時に、鳶色《とびいろ》の髪の彼が黒髪の男性の腕を引き、強引に立ち上がらせた。

「若、やっぱり病院に行きましょう。若の身になにかあったらっ！」

黒髪の男性は、軽いパニック状態で騒ぐ彼と向日葵とを見比べ、深いため息を吐《つ》いた。

「もういい」

そう言って髪を乱暴に掻き上げた彼は、また向日葵に手を差し伸べる。

そこで自分がいつまでも床に座り込んでいたことに気付いた向日葵は、促《うなが》されるようにその手に掴まった。触れた瞬間、大きくてたくましい掌《てのひら》の感触に、緊張して指先が跳ねる。

彼はそんな反応を気にする様子もなく、そのまま向日葵の手を引き、立ち上がらせてくれた。

「とにかく、君に怪我がなくてよかった」

「あ……」

「では、またいつか」

向日葵がお礼を言うよりも早く、黒髪の男性は踵《きびす》を返して歩き出した。

「若、待ってくださいっ！」

鳶色の髪の彼は、慌ててその背中を追いかけたが、途中で振り返って向日葵に一度お辞儀をする。

それから店員を呼びとめてお金を渡し、再び足早に主《あるじ》の背中を追いかけていった。

「……そうか、ハムスターの本の代金だ」

店員とのやり取りの意味を理解した向日葵は、こんな状況でもハムスターの飼育本を買っていく黒髪の男性を、奇妙に、また可愛らしくも感じていた。

――若って呼ばれていたから、きっとすごいお金持ちなんだよね。

――王子様みたいに私を助けてくれたと思ったら、こんな風にハムスターの本を欲しがったりして、なんだか変な人。

去り際に彼は、「またいつか」と言っていたけど、ただの通りすがりでしかない彼とは、もう会うこともないだろう。

――それは、ちょっと残念だな。

本が散乱する店内でクスクス笑っていた向日葵は、自分を助けてくれた彼のことを、勝手に〈ハムスター王子〉と命名した。

「ハムスターが大好きな、ハムスター王子」

言葉にすると、心がふわふわして落ち着かない。そんな思いを楽しむように、人差し指で唇をなぞってみた。

2　ハムスター王子との再会

控えめなベルの音が鳴り、エレベーターの音声が指定の階に着いたことを告げてくる。

ショウノ・ホールディングスビル三十四階。

自動ドアが開いた瞬間、驚きのあまり向日葵の肩が小さく跳ねた。

「夏目様、お待ちしておりました」

エレベーターのドアが開く前から深々と頭を下げていた女性が、そう言って頭を上げたのだ。

優しく微笑む彼女は、受付で話した二人とよく似た雰囲気を醸《かも》し出している。

「えっと……」

受付の二人から、自分の来訪について連絡を受けていたのだろうか？

それ以前に、大企業の就職面接とはこうも丁寧なのかと驚いてしまう。就職面接を受けるのはこれが初めてだから、他と比べようもないのだけれど。

緊張する向日葵に、目の前の女性はまず「申し訳ありませんが……」と眉を寄せた。

「はい？」

もしかしてここまで来て、面接が中止になったのだろうか？

実のところ、就職活動を始めたのも、この面接がセッティングされたのも突然のことだった。だから突然面接が中止になっても仕方ないとは思う。

「専務は、先の来客の方との面会が長引いております。お約束どおりの時間にお越しいただいて申し訳ないのですが、少しお待ちいただいてよろしいでしょうか?」

――なんだ、そんなことか。

ホッと息を吐く向日葵を、女性はエレベーター脇の休憩スペースへと案内する。

――でも約束をしているのは専務じゃなく、専務秘書の高梨秀清さんなんだけど……

そのことを伝えそびれたまま、向日葵はつい彼女の案内に従っていた。

こういう時、待たせる来客に失礼のないようにと設けられている休憩コーナー。見れば床から天井まで伸びるガラス窓の前に、革張りのソファーセットが配置されている。

開放的な窓から見下ろせる東京都心は、ガラスの加工のせいか少し青みがかって見える。

――なんだか水槽の中にいるみたい。

静かな場所から見下ろす青い都市。その光景に見惚れていると、「お飲み物をお持ちしますが……」と声をかけられた。

――ここは展望台の喫茶店ですか。

心の中で突っ込みを入れながら、一度は遠慮してみる。だけど彼女が「そのままお待たせしては、私が叱られます」と困った表情を見せるので、とりあえずお茶をお願いしておいた。

「こんなすごい会社、絶対受からない」

お茶を淹《い》れにその場を離れた女性の背中を見送り、向日葵は諦め気味に呟《つぶや》いた。

ここから見る東京は、自分がいつも暮らしている街とは別世界のように思えて落ち着かない。

「ここ落ちたら、また一から就職活動しなくちゃいけないのか……」

あまりに目まぐるしく始まった就職活動について思い起こした向日葵は、「始まりは、相続税だったんだよね」と、唇を尖《とが》らせながら瞼《まぶた》を伏せた。

◇◇◇

「ヒマ、アンタは相続税ってわかっているかい？」

先週の水曜日、向日葵は夕飯の片付けも終わった居間で、ノートパソコンを使ってレポートを仕上げていた。その時ちゃぶ台の向かいでテレビを見ていた京子が言ったのだ。七十近くなった今も夏目煎餅の接客と経理をこなしている京子は、ピンッと背筋が伸びていて、実年齢よりずっと若く見える。

「相続税？」

言葉の意味ならわかる。親や親族などが亡くなったりして、その財産を受け継いだ時なんかに払う税金のことだ。

わからないのは、今急にその言葉が出てきた理由だ。テレビでは歌謡ショーが流れていて、相続税の話題など出ていない。

そんな向日葵の疑問を察したように、京子が「花田《はなだ》さんご夫婦わかるだろ？」と渋い顔で言う。

「うん」

花田夫妻は、古くからの夏目煎餅の常連で、最近ご主人の方が入院している。相続税について話している時にその名前が出ると言うことは……

ご主人の容態を案じた向日葵に、京子は心配するなとばかりに首を振って見せた。

そして、単に今後払う相続税のことを考え、ご主人の退院を機に今の一軒家を引き払って遠くのマンションに引っ越す決心をしたため、昼間挨拶に来てくれたのだ、と教えてくれた。

「この辺、最近地価が上がっていて、相続税もバカにならないらしいよ。アンタもいつかは相続税ってヤツを払わなくちゃいけないいんだから、お金はちゃんと貯めときなよ」

お茶を啜《すす》る京子を前に、向日葵はちょうど開いていたパソコンで検索してみた。

「えっ！」

——ゼロの数が、1、2、3、4、5、6…………嘘でしょっ！

この地域で夏目煎餅と同等の面積の家を相続する場合に支払う税金の概算に、顔が引きつる。

「ほう。なかなか掛かるね」

横からパソコンを覗き込む京子も、老眼鏡を押し上げて感心したように言う。

「こんなの私に払えるかな。ここのお給料で、この金額貯めるのは大変だよね……」

社会人になったらお給料を使って車の免許を取りたいとか、可愛い洋服を買いたいとか少なからず夢を抱《いだ》いていたけれど、どうやら貯金の方を優先しなくちゃいけないらしい。

目の前の現実にため息をこぼしていると、京子は鼻先に老眼鏡をずり下げて、左の眉毛を吊り上げながら上目遣いに眺めてきた。こんな顔で人を見るのは、相手の話に納得していない時の彼女の癖だ。

「なにを言っているんだい？」

「え？　なにって、大学を卒業したら私もこのお店を手伝うでしょ？　そのお給料はなるべく貯金しておいた方がいいよねって話」

「はぁ？　なにをバカなことを言っているんだい。アンタをこの店で働かせるつもりはないよ」

「え？　なにそれ？　どういう意味？」

大学を卒業したら、今度こそ夏目煎餅で働く気でいた。もちろん今までだって空いた時間はお店の手伝いをしていたけれど、それとはまた別に、正式な従業員として働くつもりだったのだ。

そう話す向日葵のおでこを、京子は「冗談じゃない」と言ってピシャリッと叩いた。

「アンタは、家の手伝いをして金を取る気かい？　せっかく大学まで行ったんだから、ちゃんとした会社で働いて、お給料稼いでおくれよ。もちろん手伝いは無給でさせるけど」

「そんな………」

「なんだい？　金をもらわなきゃ、店の手伝いはしたくないって言うのかい？」

不満げな顔をする京子に、向日葵は慌てて首を横に振った。今までだって、お店の手伝いをしてバイト料なんかもらったことはないんだから、この際お金はどうでもいい。それより重要なのは……

「私、大学卒業したらお店を手伝う気でいたから、就職活動してないんだけど」

今は秋。四年生はもう内定をもらっている時期で、求人なんてあるわけない。今頃就職活動を始めるのは三年生だ。

そう説明しても、京子は聞く耳を持たない。

「アンタを大学に通わせるのに、いくらかかったと思っているんだい？　その金額以上のお給料を余所《よそ》で稼いでからじゃないと、店では働かせないよ」

「うっ」

正直に言えば、環境の変化が苦手な向日葵としては、知らない場所で知らない人たちに囲まれて働くなんて気が進まない。……だけど、お金の話をされると耳が痛い。

「しかもせっかく大学に行かせたのに、お前は大学と家とを規則正しく往復するだけで、合コンやらデートやらってものに出かける気配もないし。……なんのために大学に行かせたのやら」

——おばあちゃん、私になにをさせたくて大学に行かせたの？

稼ぎのよさそうな、もしくは夏目煎餅の婿養子にでもなってくれそうな結婚相手でも見つけてほしかったのだろうか？

生憎《あいにく》と、空いた時間は店の手伝いで忙しかった向日葵に、そんな出会いはなかった。というより、今まで誰かを好きになったこともない。

——高校生の時に、ちょっとドキドキした相手はいたけれど……

「これじゃあ、盗人《ぬすっと》に追《お》い銭《せん》だね」

大学に進学したのは、京子に強引に押し切られてのことだったのに、随分な言われようだ。でもそんな反論は心の中に留めておいた。この家で、京子に逆らえる者などいない。

それを重々承知している向日葵は、周囲に酷《ひど》く後《おく》れを取った状態で、しぶしぶ就職活動を始めたのだった。

翌日、大学の就職課で相談すると、「現実を見るために行っておいで」と、ちょうど週末に開催される就活セミナーを紹介された。

そこでこうして参加してみたのだが、説明を一時間も聞いてみれば、その〈現実〉とやらの意味がわかってくる。

予想はしていたけれど、新卒採用のエントリーはほぼ締め切られているらしい。セミナーに参加しているのも、来年就活をする三年生ばかりだ。就職浪人する他なさそうなものの、あれだけ財布の紐が固い祖母が許すとも思えない。

——どうしよう……っ！

込み上げる焦りに周囲をキョロキョロ見回していたら、突然後ろから誰かに手首を掴まれた。

「えっ……」

驚いて振り返ると、上品なスーツを着こなした長身の男の人と目が合う。

——誰？　あれ？　この人に……どこかで会った？

細い銀縁の眼鏡と、左右に分けた少し癖のある鳶色《とびいろ》の髪。なんとなく見覚えがあるのに、どこの誰なのか思い出せない。小さな頭をフル回転させる向日葵を、鳶色の髪の彼は怪訝《けげん》そうな顔で見つめてくる。

「君が、どうしてここに？」

「あの……どこかで、お会いしました？」

かすかに残る記憶と、男の人の物言いから考えるに、やっぱり知り合いらしい。

「いや……あの……。それより、四年生の今頃になって就職活動？」

「……はい。急に就職することになったんですけど、ちょっと遅かったみたいです」

「ちょっとどころか……我が社も新卒採用の募集は終わってるし……」

向日葵から手を離した彼は、その手で自分の口を押さえ、「でも、若がこのことを知ったら……」と呟《つぶや》く。そしてしばらくなにかを考えていたかと思うと、口元から手を離し、にんまりと笑みを浮かべた。

「とりあえず……」

そう言って吊り目がちの双眸《そうぼう》を細め、内ポケットから名刺入れと万年筆を取り出すと、一枚の名刺の裏に万年筆を走らせ、それを向日葵に差し出す。

「……？」

訳も分からず受け取った向日葵は、そこに書かれている文字を読んだ。

「ショウノ・ホールディングス……専務第一秘書……高梨秀清」

「そこに書かれているのが、僕の勤め先と名前です」

鳶色《とびいろ》の髪の彼、高梨秀清はそう自己紹介をした。

「はあ……」

首を傾げる向日葵に、秀清は静かに微笑んで見せる。

――目つきのせいか、なんだか悪戯《いたずら》を楽しむ猫みたい。

「もしよかったら、我が社にエントリーシートを出してみませんか？」

「え？　でも新卒採用は、終わっているんですよね？」

「そうですけど、もしかしたらなんとかなるかもしれませんよ。その名刺の裏に、僕の携帯電話の番号が書いてありますから、気が向いたらそちらに連絡をください」

状況が呑み込めないでいると、すこし離れた場所で誰かが秀清の名前を呼んだ。

「じゃあ、連絡をお待ちしています」

声のした方に軽く手を上げた秀清は、その場に向日葵を残して去っていく。

「なんだったんだろう……」

向日葵は、渡された名刺を眺めた。

――ショウノ・ホールディングス…………あっ！

聞き覚えのある名前だとは思っていたけど、ショウノ・ホールディングスといえば、ハムスター王子が働いている会社の名前だ。出会ったあの日から四年が経っているから、今も彼が働いているかはわからないけれど。

「あ、そうだ……」

ハムスター王子のことを思い出すと、芋づる式に秀清のことも思い出された。

――あの日、ハムスター王子と一緒にいて、彼のことを「若」と呼んでいた男の人だ。

そう納得した向日葵は、すぐにまた首を傾げた。

――あれ？　でもなんであの人、私が四年生だって知っているの？

いくら考えても、答えは出てこない。

「まあ、いいや」

詳しいことは、今度会った時に本人に聞いてみよう。エントリーする気があるのなら連絡してほしい、と秀清は言っていた。就職の目途《めど》がちっともついていないこの状況でそんなことを言われた以上、もちろんエントリーさせてもらうつもりだ。

――それに……

もしかしたら、もう一度、ハムスター王子に会えるかもしれない。

そう考えると自然と頬が緩んで、心に温かなものが広がっていく。

◇　◇　◇

「お待たせしました」

声をかけられ、向日葵は慌てて目を開いた。

顔を上げると、さっきお茶を出してくれた女性がいつの間にかそこに立っていた。

――ああ、そうだ……

説明会の後、名刺をくれた秀清にさっそく電話をすると、出来るだけ早く面接したいとの回答があった。だからこうして、週明け早々の面接となったのだ。

「専務がお待ちしておりますので、ご案内いたします」

向日葵はその言葉に立ち上がり、前を歩く女性の背中を追う。

「あ、そうだ、私が約束しているのは……」

専務ではなく、専務第一秘書の高梨さん。

そう言おうとした時、向かいから歩いてきた男性に肩がぶつかった。

「失礼」

慌てた様子の男性が、頭を下げる。廊下は十分に広いのだが、彼は手にしていた書類に視線を落としていたため、向日葵との距離感が上手く掴めなかったらしい。

「いえ。こちらこそ」

そう返す向日葵に再度目礼《もくれい》した男性は、ふと視線を向日葵の前を歩いていた女性に向けて苦笑いを浮かべる。

「やっと専務にお会いできましたよ。専務が予定を変更して急遽《きゅうきょ》帰国したという噂を聞きつけて来たんですが、強引にでも押しかけてよかった」

どうやら彼の訪問があったことで、向日葵は待たされていたらしい。

「お忙しい方ですので」

そう返す女性に、彼は「承知しております」と頷き、去っていった。

そんなやり取りに気を取られ、向日葵が面接の相手を訂正しそびれたことに気付いた時には、女性は重厚な木製のドアをノックしていた。

「お見えになりました」

彼女が短くそう伝えると、すぐに中から「どうぞ」と声が返される。そしてドアが開かれた。

結局なにも伝えられないままドアを潜《くぐ》った向日葵は、見知った顔を見つけ息を呑んだ。

――あっ、ハムスター王子っ……

「あの……えっと……」

入った部屋の正面、重厚感のあるデスクの前に座っている男性は、あの日、向日葵を助けてくれたハムスター王子だった。

目が合うと、ハムスター王子が静かに微笑んだ。その微笑に、向日葵の頬が熱くなる。

偶然の再会を願ってはいたけど、まさかこんな場所で再会できるとは……

驚いていると、ハムスター王子の傍らに立つ人が咳払いをした。

ハムスター王子に気を取られてすぐには気付かなかったけれど、彼の座るデスクの側に秀清が立っている。

「あっ！　高梨さん、こんにちは。履歴書持ってきました」

「ご苦労さまです」

秀清と簡単な挨拶を交わす間も、視線はハムスター王子に引き寄せられてしまう。

それと同時に、ある疑問が向日葵の胸を掠《かす》めた。

——専務室の立派な椅子に、ハムスター王子が座っているって……？

「こちら、弊社の専務、庄野院樰賢《ゆきたけ》です」

急に表情を引き締めた秀清が、向日葵の疑問に答えるように紹介した。

「専務っ！」

「どうかした？」

思わず目を丸くした向日葵は、樰賢の問いかけに慌てて首を横に振る。

「ごめんなさい。すごく若く見えるのに、専務なんてビックリしちゃいました。それに、苗字がなんだか、この会社の名前と似ていて」

「なにをバッ……っ」

素直な感想を口にする向日葵に、一瞬驚いた様子の秀清がなにか言おうとする。だけど樰賢が手を上げてそれを制した。

「似ていますか？」

楽しそうに目を細める樰賢に、向日葵は恥ずかしくなりながらも頷く。

ゆっくりと動く樰賢の唇を見ていると、どうしても彼がファーストキスの相手であることを思い出してしまう。

「あの……えっと……『の』の音まで一緒だから。それに初めて聞く苗字で、珍しいなって思ったので、そう感じちゃったのかも」

「初めて……」

「はい」

前に本屋さんで会った時には、名前を聞くような状況じゃなかった。だから彼の名前を聞いたのは今日が初めてになる。

「そうか……。では夏目向日葵さん、初めまして。庄野院樗賢と申します」

樗賢が見せる社交的な笑みに、向日葵の心はかすかに痛んだ。

――初めまして……ってことは、本屋さんで私を助けてくれたこと、覚えていないんだ。

樗賢からすれば、ハムスターの本を取ろうとした時に突然地震が起きたから、目の前にいた女の子を条件反射で助けただけに過ぎないのだろう。だとすれば、その女の子の顔なんて覚えていないし、もしかしたら事故でしかないあのキスのことも忘れてしまっているのかもしれない。

覚えられていても気恥ずかしいだけなのに、忘れられているのも悲しい。

――私、すごくワガママなこと考えてる。

思わず苦笑いした向日葵を見ながら、樗賢が革張りの椅子から立ち上がった。

「では、面接を始めましょうか」

「あっ！　はいっ！」

そう促《うなが》され、向日葵はピンッと背筋を伸ばした。樗賢はそんな向日葵に、来客用のソファーに座るよう勧める。

――危ない。ハムスター王子に会えたことで、面接のこと忘れるところだった。

内心冷や汗をかきつつ、向日葵は革張りのソファーに腰を下ろす。

――こんな立派な会社、絶対受からないって諦めていたけど、庄野院さんと一緒に働けるなら頑張ってもいいかも。

京子に押し切られてしぶしぶ始めた就職活動で、初めて積極的な気持ちが生まれた。

「では、履歴書を見せていただいていいですか？」

向かいのソファーに樗賢が座ると、その隣に座る秀清が手を差し出した。向日葵は求められるままに履歴書の入った封筒を渡す。

秀清が樗賢の見やすい位置で履歴書を広げた。

「志望動機は……大学の学費返済……あれ？　大学進学にあたって、奨学金の借り入れはしていないはずでは？」

怪訝《けげん》そうに眉を寄せる秀清に、向日葵は手をひらひらさせながら答える。

「お金を返すのは、祖父母にです。両親は既に亡くなっているので……実家のお煎餅屋《せんべいや》さんを継ぐ前に、大学に行くのに掛かった学費だけでも働いて返したいと思っています」

「なるほど。では将来的には、実家のお煎餅屋さんを継ぐ予定で？」

秀清の質問に向日葵は力強く頷き、そしてすぐに首を傾げた。

「どうして履歴書を見ただけで、私が奨学金を借りていないってわかるんですか？　それにこの前も私が大学四年生だって、最初から知っているような話し方をしていましたよね？」

「え？　ああ……そんなこともありましたね」

そう答える秀清に樗賢が何故か責めるような視線を向ける。秀清は、気まずそうに頬を掻いて目を逸らした。

「あの？」

「職業柄、相手の表情でわかるんですよ」

秀清に代わって、樗賢がそう説明する。

「表情で……」

――そこまでわかるものなの？

素直には納得できないものがある。不満げに眉を寄せると、樗賢が唇に人差し指を添え、優しく笑った。

――あ、その笑い方ズルイ。

そんなふうに微笑みかけられると、心がそわそわしてこれ以上追及できなくなってしまう。

「えっと……希望勤務地は東京都内？」

樗賢が話題を変えた。

「はい。実家から通いたいので」

「なるほど。住所は隅田川《すみだがわ》近くの…………。この地域は、都市開発が進んだ今でも下町情緒が残っている、いい場所ですね」

「はい。とてもいい場所です」

誇らしげな向日葵に、樗賢が「どんなところが自慢？」と問いかける。

「私の家は、商店街でお煎餅屋《せんべいや》さんをやっているんですけど、商店街のみんなも常連のお客さんも昔からの顔なじみで、みんなで大きな一つの家族みたいなんです」

プライバシーなんて言葉が通用しない、あけすけな人付き合い。特に同い年である桜井青果店《さくらいせいかてん》のトオルとは、本当に家族同然の付き合いをしている。時には人と人との距離が近すぎて揉めることもあるし、付き合いが面倒臭いと思う時もある。だけど、そういう側面も含めて大切だと思える。

「なるほど。楽しそうだね」

「楽しいですよ」

即答する向日葵に、樗賢は優しく目を細める。そんな樗賢に代わって、秀清が「いくつか質問させてください」と問いかけてきた。

趣味や大学生活で楽しかったこと、一緒に暮らす家族のことなどを質問され、向日葵はそれに正直に答えていく。

——就職の面接って、こんな感じなんだ。

面接というより、ただのお喋りのような気がする。

そんな質問が繰り返されたのち、秀清が樗賢を見た。

「若から、なにかご質問は？」

薄く笑みを浮かべ、二人のやり取りを見守るように眺めていた樗賢は、そう問われて向日葵を見た。

「えっと……そうだな…………。その……ハムスターを飼っていますか？」

「はい？」

——変な質問……。さすが、ハムスター王子って感じもするけど。

——相変わらず、ハムスターが大好きなんだ。

微笑ましく思いつつもそう納得した向日葵は、目を細めながら首を横に振った。

「いえ。可愛いし、飼ってみたいと思いますけど、飼ったことはないです」

「そうか。私からの質問は以上だ」

樗賢が満足げに頷いて、その日の面接は終わった。

◇　◇　◇

「世間知らずにも程があります」

向日葵が帰った後、樗賢のコーヒーを淹《い》れていた秀清は、やや憤慨《ふんがい》した様子で声をあげた。

「彼女がか？」

「ええ。面接時のマナーもなっていないばかりか、若の苗字を聞いて『苗字がこの会社の名前と似ていて』ですよ。江戸時代は大名家《だいみょうけ》、維新《いしん》後は華族《かぞく》として日本を代表する大財閥を築いた庄野院家の次期当主である若に対してあの言いぐさ！　似ているのではなく、ショウノ・ホールディングスは、若の会社なんです。二十八歳の若さで専務という役職を務めていることからも、容易に想像できるはずです」

一部向日葵の口調を真似て主張する秀清を、樗賢は手で遮《さえぎ》りながら訂正した。

「その言い方は正しくない。将来的に社長になる予定ではあるが、会社は個人の物ではない」

「八〇パーセント以上の株をお父上と若が有している段階で、若の会社と言っても過言ではありません」

「では父の会社と言うべきだろう。現在の筆頭株主は父だ」

だが、親子で有している八〇パーセント以上の自社株の内、半分近くを樗賢が所有しているのも事実。

「庄野院家の跡取りは若お一人。将来的には若のものです。旧華族である名家の家長として、その威厳を保つ心構えでいてください」

この手の話になるとやたらムキになる秀清と話をするのは骨が折れる。樗賢は肩をすくめつつ、別の質問を投げかけた。

「その他に彼女をどう思った？」

「ハムスターみたいですね。小柄で癖のある栗色の髪、どんぐり眼《まなこ》って言うんでしたっけ？　黒目がちな大きく丸い目……なんだかハムスターを思い出しますよね」

履歴書に張られた写真に目をやり、秀清が答えた。

「ハムスター？　似ているかな？」

自分には、無条件に守ってあげたくなる、愛護すべき対象に思えるのだが。そう思いつつ樗賢は、傍らにコーヒーを置く秀清を見上げた。

「似ていますよ。〈ハムスターがハムスターを欲しがる〉というのも、妙な話ですが」

「……」

クスリと笑う秀清から視線を履歴書に移した樗賢は、先ほど向日葵に「初めまして」と挨拶した時のことを思い出していた。

本当なら「覚えていますか？」と聞きたかった。だけどどこまで遡《さかのぼ》ってそう問いかけたいのかわからなくて、咄嗟《とっさ》にそんな挨拶をしてしまった。

そして「初めまして」と当然のように返した向日葵に、静かに落胆したのだった。

――あの時、彼女は六歳かそこら。

――しかもあんな酷《ひど》い事件の直後。

自分と出会ったことや、交わした約束のことなど、覚えていなくてもしょうがない。

その後、向日葵が高校生の時に偶然にも再会しているのだが、さっきのやり取りから察するに、その記憶も残っていないらしい。なかなか衝撃的な出来事だったから、そのこと自体は覚えているのかもしれないが、その相手が自分だということには思い至らないようだ。

――若い彼女から見れば私など、取り立てて特徴のないサラリーマンに見えるのだろう。

頭ではそう理解しているのに、感情の部分でどうしても落胆してしまう。

「若、どうされました？」

樗賢は、秀清の声に顔を上げた。

「いや、なんでもない。それより彼女の内面について、お前の評価は？」

「バカですね」

さらりと答えた秀清は、ムッとする檣賢にからかうような視線を向けながら言い直した。

「失礼。……バカ正直なくらい、純粋な子と言っておきましょうか」

「なるほど。それがお前の見解か」

代々庄野院家の家令《かれい》として忠義を尽くしてきた高梨家。その長男である秀清は、父親が檣賢の父・檣治《ゆきはる》の秘書だったこともあり、幼いころから共に育った。そして自分も先祖に倣《なら》い、庄野院家の跡取りである檣賢に仕えることに強い誇りを持っている。その忠誠心を疑ったことはないが、彼自身にはどこか人を喰ったようなきらいがあり、油断するとすぐに揚げ足を取られてしまう。

だから、高校生になった向日葵に偶然再会した日、事故とはいえ彼女の唇が自分の唇に触れたことも、その時に自分の胸に淡い思いが溢れたことも、秀清には話すまいと決めている。

秀清はきっと、檣賢が同情心から向日葵を気にかけているに過ぎないと思っているのだろう。

――確かに最初はそうだった。

十数年前の〈あの日〉以来、涙で瞼《まぶた》を腫《は》らした向日葵や、あの小さな手の感触がずっと忘れられなかった。だから定期的に人を遣《や》って、彼女の成長を確認させていたのだ。

幸せでいるのなら、それでいい。でももしなにかあったら、必要な手助けはしてあげたい。

そんな思いで遠くから見守っていた向日葵と、四年前、偶然にも本屋で再会した。

声をかけようかと悩んでいる時に突然地震が起き、咄嗟《とっさ》に向日葵を守った。その拍子に抱きしめた彼女がもう小さな女の子ではなくなっていることに驚き、同時に何故か胸が高揚するのを感じたのだ。しかも偶発的とはいえ、あんなこともあったし。

――あれはキスにカウントしていいのだろうか？

――しかも動揺のあまり、告白めいたことも口にしてしまったのだが……

向日葵がそれを覚えていないのだから、どうしようもない。

「若、どうかされました？　心なしか顔が赤いですよ」

「気のせいだ」

「それにしても、若も無茶をされますね」

ポーカーフェイスを装ってカップに口をつける樗賢を見て、秀清がため息を吐《つ》く。

「なにがだ？」

「確かに私は、彼女が急に就職活動を始めた理由を若がお知りになりたいだろうと思い、先日の説明会で彼女に声をかけ、面接をセッティングしました。……ですが、そのために若が出張を早々に切り上げて帰国するとは思ってもいませんでした」

その出張の際も、向日葵からの急な連絡があるといけないからと、秀清を電話番として残していったのだ。

「商談は滞《とどこお》りなく済ませてきた。無駄な接待や、会食を断ってきただけだ。会社には、なんの損害も与えていないはずだが？」

文句は言わせない、と樗賢は視線で牽制《けんせい》する。

「もちろん。我が社には、なんの支障もありません。ただ、先方が気の毒で」

商談といっても、優位に立っているのはショウノ・ホールディングス。少しでも心証を良くするため、先方は万全のもてなしをしようと構えていたはずだ。なのに到着するなり有無を言わさぬ勢いで商談を推《お》し進め、それがまとまった途端に帰国した樗賢をどう思っただろうか。きっと今頃、自分たちのなにが気に障《さわ》ったのかと、重役クラスが頭を寄せ集めて検証していることだろう。

「……先方にも、悪い条件にはしていないつもりだが？」

「なおさら気の毒です」

怒っているらしき相手に推し進められた、悪くない条件での契約。代わりにこれからどんな無理難題を押し付けられるのだろうかと邪推しているに違いない。

意味が分からないと眉を寄せる樗賢に、秀清が「それで、彼女のことをどうしますか？」と問いかけた。

「どうするとは？」

「我が社の新卒採用は締め切っておりますし、内定式も終わっています。それに彼女の学歴では、端《はな》から我が社の採用基準を満たしていません。……ただ若が、彼女の就職を支援したいとお考えでしたら、彼女の希望条件に見合う子会社か系列会社にでも受け入れるように手配しますが？」

「そうか……」

視線を落としながら、樗賢は拳を作って顎《あご》を押さえた。

──夏目向日葵。彼女に会うのは、今日で三回目……

十数年という年月の間、それだけしか会っていなかった彼女が、気になってしょうがない。

昔は、彼女が幸せに暮らしていることだけを純粋に願っていた。そんな思いに、妙な感情が混ざるようになったのは、高校生の彼女と偶然の再会を果たしてからだ。

以来、再び彼女に会いたいと、ずっと願っていた。さっきの面接でも、自分の暮らす街のことを楽しげに話す彼女から目が離せなくなっていた。そしてそんな姿を見ているだけで、過密スケジュールで疲れていた心身が癒《いや》されていくのも感じていた。束の間の癒しを味わった心は、貪欲にさらなる癒しを求めてしまう。

――まるで、歯止めのきかない媚薬《びやく》のようだ。

苦笑いを浮かべ、顔を上げた榁賢は、黙って自分の答えを待っていた秀清に問いかけた。

「もし私が、彼女を本社採用にしたいと言ったらどうなる？」

それを聞いた秀清は、「ほうっ」と内心感嘆の息を漏らした。

物欲が薄く、職権乱用を嫌う榁賢が、公私混同ともいえる発言をするのは意外だった。十数年もの間、主《あるじ》が夏目向日葵という存在に固執していること自体理解できずにいる秀清には、当然この発言の理由もわからない。だがいつも仕事最優先で、個人的な要望などないに等しい榁賢がそんな発言をするのであれば、その思いを尊重すべきと考える。

「ショウノ・ホールディングスは若の会社です。若が望むのであれば、採用基準を曲げて新卒採用者を一人や二人増やすことなど、造作もないことです」

秀清は、驚きを抑えながら答えた。

「会社は……」

自分のものではない。そう言いかけた樗賢は、深く息を吐き視線を落とすと、再び拳で顎《あご》を押さえた。

――こんなことを言い出すなんて、自分はどうかしている。

冷静な部分ではそう思うのだが、夏目向日葵に関することとなると、いつもの自分ではいられなくなってしまう。

長い沈黙の末、樗賢は観念したようにまた息を吐く。

「では、彼女を本社採用、かつ私の秘書にするよう手配してもらおう」

「若の……秘書ですか？」

「もちろん私の第一秘書は生涯、秀清だけと決めている。よって彼女は第二秘書、もしくは秀清の補佐という扱いでいい」

「ですが……」

「無理か？」

なにか言いかけた秀清だったが、次の瞬間その言葉を呑み込むように深々と頭を下げた。

「若が望むのであれば、そのように手配させていただきます」

「ではそれを望もう。それと出来るだけ早く、彼女を手元に置きたいと思う。……さて、この話はこれまでだ」

ため息とともに呟《つぶや》いた樗賢は、秀清に向日葵の履歴書を渡す。

そうして残りのコーヒーを飲み干し、仕事の書類に目を通し始めた。

3　ハムスター王子の訪問

ショウノ・ホールディングスを訪問した次の日、大学帰りの向日葵は、一軒の古い日本家屋の前で足を止めた。

――花田さん、もう引っ越しちゃったんだよね。

京子から、花田家の引っ越しは先週末に済んだと聞いている。だが――

「車？」

今は空き家になっているはずの花田家の前に、一台の高級車が停まっている。

「もしかして、噂の地上げ屋さんの車かな？」

花田夫妻が引っ越した後でお店のお客さんから、夫妻が地上げ屋から酷《ひど》い嫌がらせを受けていたという噂を聞いた。確かに隅田川流域の都市開発が盛んになってから、強引な地上げ屋の噂はたびたび耳にしている。だがそれはどこか別の街の話で、自分が暮らすこの街には関係のない話だと思っていたのに。

向日葵は、背伸びをして垣根越しに中を覗いてみた。

鉢植えや洗濯物が消えた庭は、それだけでどこか色褪《いろあ》せて見える。そんな庭で、スーツ姿の男性が三人話しているのが見えた。

その内二人は中年で、自分たちより若い男に身ぶり手ぶりしながらなにかを説明している。細い目の左下に泣きボクロがある若い男は、二人の説明に頷き、薄い唇の端を吊り上げて意地の悪そうな笑みを浮かべていた。

——なんかトカゲみたいな顔してる。

——あの若い人が、地上げ屋さんのボスなのかな？

好感の持てない笑顔に眉を寄せていると、泣きボクロの男が不意に向日葵の方に顔を向けた。

——うっ、目が合っちゃった……

頭をひっこめ損ねた向日葵がどうすればいいのだろうかと固まっていると、男が煩《わずら》わしそうに息を吐く。そして侮蔑《ぶべつ》するような視線をこちらに向け、邪魔な虫を追い払うように手をひらひらさせた。

その眼差しから推測するに、自分の価値観だけで人の優劣を決めて、一旦劣っていると判断した相手は平気で見下すタイプなのだろう。

「……っ、なんだか、感じ悪い……」

向日葵は誰にも聞こえないような小声で唸《うな》ると、頭を引っ込めてその場を離れた。

「確かに、勝手に家を覗いていた私が悪いんだけど……」

さっきの男の態度を思い出し、向日葵は唇を尖《とが》らせる。

花田夫妻が手放した家をあの男たちが購入したのであれば、勝手に覗き見していた向日葵の方が悪い。あの家だって、彼らがどう扱おうと文句は言えない。

花田夫妻が長年暮らしてきた家だから、出来れば大切に扱ってほしいけれど、さっきの男の態度を思い出すと、その願いは叶えられない気がする。

花田家を後にした向日葵は、自宅の看板が見えてきたところで、後ろから追い越していく車の姿に足を止めた。

お店の前の道は、軽自動車二台がどうにかすれ違えるくらいの幅しかない。そんな道に不釣り合いな高級車が侵入してきて、夏目煎餅の前で停まったのだ。

あの入り口を塞ぐような停まり方からして、向日葵の家に用があるのは明らかだ。

——うちにも地上げ屋？

車に詳しくない向日葵だけど、花田家の前に停まっていた車と車種が違うことは辛うじてわかる。とはいえ、見慣れない高級車に警戒心が働く。

慎重に店に近づくと、運転席のドアが開き、ドライバーが降りてくる気配がした。

地上げ屋の中には、土地を手放した方が楽と思うほどの嫌がらせを仕掛けてくる者もいるという。

向日葵は、鞄《かばん》の肩紐を握りしめて身構えた。

「……高梨さん」

向日葵は、車から降りてきた人の姿を確認して、表情を緩めた。そんな向日葵に秀清は軽く目礼《もくれい》だけして、後部座席のドアを開ける。

秀清が恭《うやうや》しく頭を下げると、開かれたドアからもう一人の人物が姿を見せた。

――ハムスター王子……じゃなくて、庄野院さん。

はにかんだ笑みを浮かべた。

「どうしたんですか？」

思わず駆け寄る向日葵に、樫賢は軽くスーツを直しながら、はにかんだ笑みを浮かべた。

「やあ。君に話があって」

「なんですか？」

彼の言葉を聞き逃さないよう真っ直ぐ見上げると、樫賢は何故か向日葵から視線を逸らして秀清を見た。すると秀清が口を開く。

「実はですね……」

その時、秀清の言葉を遮《さえぎ》るように木製の引き戸の開く音がして、お店の暖簾《のれん》が勢いよく捲《まく》れた。

「なんだ、なんだ？　……おう、ヒマっ！　おかえり」

祖父の勘吉が、店先に停まる高級車に興味を持って顔を出した。生粋《きっすい》の江戸っ子で、良く言えば職人気質《かたぎ》、悪く言えば頑固者かつ短気な勘吉は、無遠慮な視線を車、秀清、樫賢へと順に巡らせ、最後に向日葵を見た。

「ただいま、おじいちゃん。この人たちは私のお客さん。私に話があるんだって」

「お前に？」

露骨なまでに怪訝《けげん》そうな眼差しを向けられても、樫賢は気にする様子もなく、穏やかな表情で胸元のポケットから名刺入れを取り出し、その一枚を勘吉に差し出した。

「挨拶が遅くなって申し訳ありません。私……」

「へぇ。ショウノ・ホールディングスの専務さん。そっちの彼は？」

勘吉と同様に車が気になったのか、祖母の京子も店先に顔を出す。そして勘吉より素早く、差し出された名刺を奪い取った。

「俺がもらった名刺だぞ」

名刺を取り返そうとする勘吉をひょいっとかわした京子は、樗賢と秀清を見比べた。

「庄野院の秘書を務める高梨と申します」

秀清がそう自己紹介すると、京子は納得した様子で頷いた。

「で、そんなお偉い人が、うちの向日葵になんの用で？」

「私、昨日この会社の面接受けたでしょ。だから、そのことで用事があるんだと思う」

懲《こ》りずに名刺を取り返そうとする勘吉を器用にかわしながら、京子は笑みを浮かべた。

「ああ、そういえばそんなことを話していたね。わざわざ家まで来てくれるってことは、もちろんいい返事なんだろうね？」

——えっ！　そうなの？

思わず向日葵も、二人に期待のこもった眼差しを向けてしまう。

「ええ……実は……」

「まあ、立ち話もなんですから、家に上がってください」

京子は樗賢の腕を掴むと、半ば強引に店の中に連れ込もうとする。

「あ、若……！」

暖簾《のれん》をくぐる樗賢の背中を追いかけようとする秀清に、京子は手をひらひらさせながら言う。

「アンタはとりあえず、その大きな車を退《ど》かしておくれ。こんなのが店の前にあったら、商売の邪魔になるからね」

言われて秀清は、しぶしぶといった様子で一人車に乗り込んだ。

どうやら京子は、肩書どおりに二人を扱うことに決めたらしい。秀清の姿を見送ることなく、そのまま樗賢の腕を引いてお店の中へと消えていく。その背中を追いかけて、勘吉も店に戻っていった。

「……そこの交差点を右に曲がって、少し進んだところの右手にコインパーキングがありますよ。そんなに離れてないから、すぐに戻ってこれます。駐車場の小さい方の出口からこっちの方角に歩いてくれれば、うちの裏庭に辿り着きますよ」

車に乗り込む秀清がドアを閉める前に、向日葵は指差しながらそう説明した。

「……ありがとう」

秀清はどこか拗《す》ねた口調でお礼を言うとドアを閉め、教えられた方角へと車を走らせていった。

「もう。おばあちゃんは強引なんだから……」

秀清を見送った向日葵がお店に入ると、京子は店番を勘吉に押しつけ、樗賢を奥の自宅スペースに招き入れた後だった。

店舗、作業所、自宅と、鰻《うなぎ》の寝床のように細長く伸びた家の中、廊下を小走りに進んでいた向日葵は、自宅スペースに入ってすぐの台所に、京子の姿を見つけた。薄いガラスの引き戸越しに確認すると、京子はお茶を淹《い》れるお湯を沸かしている。

お茶の用意は京子に任せることにして、向日葵は樗賢の姿を探した。

——……いた。

たいして広くない家。樗賢の姿は、居間から続く縁側ですぐに見つけることが出来た。

「やあ。庭を見せてもらっていた」

縁側にたたずみ、庭を眺めていた樗賢は、向日葵の気配に振り返った。

「……はい」

手を伸ばせば触れられるような距離で樗賢を見上げ、向日葵はぎこちなく頷いた。

——ウチの家族ってみんな小柄だから、こんな背の高い人がいると、それだけで緊張しちゃう。

「素敵な庭だね」

向日葵が生まれた頃、建築物としてもう限界というところまで老朽化していた倉庫を取り壊して広げた庭。東京の下町とはいえ、その面積は比較的広い。そのため置石《おきいし》や水鉢《みずばち》と一緒に、様々な植物が植えられている。

「どこにでもある、普通の庭ですよ」

「そんなことないよ。季節の樹木が上手に配置されていて、いつの時期でも縁側から花を楽しめるようになっている。……今は、金木犀《きんもくせい》が香っているね。それに紅葉《もみじ》もいい」

「……」

香りを楽しむように樗賢は瞼《まぶた》を伏せ、大きく息を吸う。向日葵も真似て大きく息を吸い込むと、金木犀《きんもくせい》の香りに混じって、もっと甘く爽やかな匂いが鼻孔《びこう》をくすぐった。

――あの時と同じ匂い。

匂いに釣られて、高校時代の思い出が鮮明に蘇《よみがえ》る。一度会っただけなのに、ずっと頭の片隅に存在し続けていたハムスター王子が、自分の家にいるなんて不思議な気がする。

「それによく手入れがされていて、丁寧に守られてきたのがわかるよ。いい庭だ」

「両親が喜びます」

「……？」

「庭の木の配置を決めたのは、私の両親なんです……って、おじいちゃんから聞いています」

もちろん古い家だから、向日葵の両親が庭をいじる前から生えている木もある。だけど、金木犀や小手毬《こでまり》といった小さな花を咲かせる木は、両親の趣味だ。

「なるほど。センスのいいご両親だったんだね。庭全体が優しい空気に満ちている。こうして君と一緒に見ているだけで、心が癒《いや》されるよ」

向日葵も、庭を見ると優しい気持ちになれる。樗賢の目にも、両親が残してくれた庭が優しい景色として映っているのが嬉しい。

感心した様子で再び庭を眺める樗賢の横顔に、向日葵は頬が熱くなるのを感じた。

「……ありがとうございます」

小さな声でお礼を言った向日葵は、縁側に出しっぱなしになっているサンダルを突っ掛けた。

樗賢を縁側に残して自分だけ居間に行って座るのは失礼だし、ずっと彼の隣にいるのも緊張する。だからって着替えを口実に自分の部屋に戻るのは、もったいない気がした。

——自分の家なのに、どこにいればいいかわからない。

一緒にいると緊張して落ち着かないのに、一緒にいたいと思ってしまう矛盾をどう解消すればいいのかわからない。迷った末に向日葵は、縁側の下に置いてあったジョウロを手にした。

秀清が戻ってくるのを待つ間、とりあえず庭に水を撒《ま》いていよう。そう決めて、縁側の隅にある水道へと歩み寄った。

「…………あれ？　……固い…………んっ」

緩いと水が漏れるので、水栓をいつも固めに締めているのだ。だけど今日の水栓はいつになく固く、指先が白くなるくらい力を込めてもびくともしない。

「どうした？」

「水栓が固くて」

苦戦していると、背後で樗賢がサンダルを履く気配がした。

「どれ？」

近づいてきた樗賢の手が、背後から向日葵の手に重なる。

「あっ！」

重なる手に驚いて向日葵が背筋を伸ばすと、背中に樗賢の筋肉質な胸板が触れた。

大学で仲のいい男友達はいないし、触れるほど接近することがある男性といえば、勘吉と幼馴染《おさななじみ》のトオルぐらい。そんな向日葵にとって、大柄で引き締まった樗賢の体の感触は、ひどく緊張をもたらすものだった。

それに、向日葵を包み込む、甘さを含んだ柑橘類《かんきつるい》のような匂い。

その匂いは庭の金木犀《きんもくせい》よりも甘く、向日葵の頭の芯をくすぐったくさせた。

「小さな手だね」

ふと聞こえた樗賢の感想に、向日葵は咄嗟《とっさ》に「ごめんなさい」と返した。

「どうして謝る？　ただ、可愛いと思っただけなのに」

不思議そうに笑う樗賢の声に、耳が熱くなる。

——側にいるのが落ち着かないから、庭に出てきたのに……

向日葵が心の中で戸惑っている間に、樗賢が向日葵の手をのけて水栓を回すと、蛇口から勢いよく水が流れ出した。

「……あっ、ありがとうございました」

ジョウロに水を溜め、再び水栓を固く締めると、向日葵は首を捻《ひね》って背後の樗賢を見上げた。その瞬間、彼の顔が予想以上に間近にあったことに驚く。

「……えっと……っふぁっ」

同時にファーストキスのことまで思い出し、向日葵の体に緊張が走る。すると、樗賢がふいに向日葵の頬を抓《つま》んだ。

ぱちぱちと瞬《まばた》きを繰り返す向日葵に、樗賢は「駄目だよ」と悪戯《いたずら》っぽく笑った。

「ふぁい？」

なにを注意されているのかわからない。

樗賢は頬を抓む指先を少しずらして、向日葵の唇の端を撫《な》でた。その感触に肌がゾクリとする。

「そういう油断しきった顔は、特別な男性以外に見せるものじゃない」

そう窘《たしな》めて、頬から手を離す樗賢。

──特別な人……

と言うなら、近くにいるだけでこんなにドキドキしてしまう樗賢もそれにあたるのだろうか。でもそのことを、本人に直接聞くのはすごく恥ずかしい。

それを悟られないよう、向日葵が俯《うつむ》いて庭に水を撒《ま》き始めると、垣根がガサガサと揺れた。

「若っ！　お待たせしました」

顔を上げると、教えたとおり裏路地から回ってきた秀清が、庭に入ってくるのが見えた。

──そこ、入り口じゃないんだけどな……

大きな体を植木の間に半ば強引に割り込ませる秀清の姿に苦笑いし、向日葵は「じゃあ、縁側からになっちゃうけど上がってください」と言って、二人を居間に招き入れた。

お煎餅《せんべい》を盛った菓子器と人数分のお茶を用意すると、京子と向日葵が並んで座り、ちゃぶ台を挟んだ向かいに、樗賢と秀清が座った。

「さて、ご用件は？」

お茶を出すなり、京子が問いかけた。

もちろんいい話なんだろうね？　と視線で問いただす京子に、榑賢が頷き、隣の秀清を見た。

「今日は夏目さんに内定のお知らせと一緒に、お願い事があって伺《うかが》いました」

――内定だってっ！

秀清の言葉に、思わず隣の京子の表情を窺《うかが》う。頷いた京子は、眉間に皺《しわ》を寄せて、左の眉だけを大きく吊り上げた。

「で、そのお願いっていうのはなんだい？」

その問いに向日葵も秀清を見ると、秀清が説明を始める。

「来年四月、大学卒業と同時に夏目さんを、弊社の社員として迎えることをお約束します。ですからそれまでの期間、講義がない平日は研修も兼ねて、弊社でアルバイトとして簡単な雑用をしていただきたいと思います」

「アルバイト？　雑用？」

向日葵は、また横目で京子を見た。四年生になって大学の講義が減り、空いた時間はお店の手伝いに充《あ》てている。そのためアルバイトをするには京子の許可が必要だ。

「時給は？」

京子がすかさず確認した。

「えっと……そうですね……。実は今までアルバイトを雇った事例がないので…………」

「アルバイト代は、新入社員の研修期間の給与と同等の金額を時給換算して、お支払いします。別途、交通費も支給いたします」

少し考えた秀清の代わりに樗賢が説明する。

「ほう。悪くないじゃないか」

京子の頭のソロバンは、大手企業の新人研修期間の給与ともなれば、アルバイト代にしては相当いい金額であるとはじき出したらしい。

――あれ？　アルバイトを雇った事例がない？

――じゃあ、なんで私をバイトに雇うの？

――研修を兼ねているとはいえ、会社にはたくさんの社員がいるんだから、わざわざアルバイトを雇わなくても簡単な雑用くらい片付けられると思うけど。

「あの……なんで私なんかをバイトに雇うんですか？」

感じた疑問をそのままぶつけると、向日葵の視線をまっすぐに受け止めた樗賢が静かに笑う。

「……君が、必要だと、判断したからだよ」

――私が……必要？

どういう意味なのだろう。

首を傾げその説明を待ったけど、樗賢は黙って京子の出したお茶に手を伸ばす。どうやらこれ以上の説明をする気はないらしい。納得できない向日葵は、次に秀清を見た。

目が合った秀清は、向日葵と樗賢を見比べると、ニンマリといった感じに目を細めた。

「実は若は、ハムスターみたいな……ではなく、ハムスターを寵愛《ちょうあい》しておりまして……」

「はい」

向日葵は頷いた。それは大分前から承知している。

「とくに栗毛《くりげ》の小さなハムスターをとても気に入っているご様子で、その愛すべきハムスターの餌となるヒマワリの種を育てる場所を探していたんです」

「なにっ？」

驚いた表情で自分を見る樗賢を気にすることなく、秀清は悪戯《いたずら》を楽しむ猫のような笑顔で続ける。

「ですから春になったら、こちらの庭でヒマワリを育てさせていただきたいと思います。夏目さんをアルバイトとして雇い、高額の時給をお支払いするのは、庭の賃料を含めた対価です」

「さすが……」

――ハムスター王子。

心の中で呟《つぶや》いた向日葵は、文句を言いたげに秀清を睨《にら》む樗賢を見てその沈黙の意味を理解した。

――愛するハムスターのために庭を貸してくださいって言うのが、恥ずかしかったんだ。

――じゃあ私を採用するのも、庭を貸してほしいからなのかな？

さっきも庭を眺めていたし、面接の時には住所を確認して、いい場所だと褒めてくれた。あれは、ヒマワリの花を育てるのにいい場所だという意味だったのかもしれない。

ハムスター王子ならあり得ると、向日葵は小さく微笑んだ。

それと同時に、そこまで樗賢に寵愛《ちょうあい》されているハムスターを少し羨《うらや》ましく感じてしまう。

とはいえ今はハムスターに嫉妬している場合ではない。そう思い直して京子の方を窺《うかが》う。

「おばあちゃん、どうしよう？」

「ふぅぅん」

向日葵、樗賢、秀清と、おのおのの表情を確認していた京子は、妙な唸《うな》り声をあげていたかと思うと、やがて口角を上げて微笑んだ。

「まあ、いいんじゃないかい。向日葵の就職先が決まるのなら、庭を貸すぐらい安いもんだよ。店の手伝いはいいからバイトしな。庭も貸してあげるよ」

「ありがとう」

京子は満面の笑みで喜ぶ向日葵に頷き、立ち上がった。

「じゃあ、私は店に戻るから、バイトの内容は自分で確認しなさい」

そう言い残し、京子は自分の湯呑《ゆのみ》だけを片付けてお店に戻っていった。

「あ、よかったら食べてください。うちの商品です」

居間に留《とど》まった向日葵が勧めると、樗賢はお煎餅《せんべい》を一枚食べ、お茶を啜《すす》った。

「お煎餅もお茶も、丁寧な味がするね」

庭に視線を向けながら出てきた樗賢の感想に、向日葵は得意げな表情で頷いた。

――お煎餅もお茶も、高ければいいというものではなく、調理する側がきちんと手を掛けることで値段以上に美味しくなる。

それが勘吉と京子の口癖で、二人とも日々の生活の中でそれを実践している。

そのことに気付いてもらえたことが嬉しくて、向日葵は樗賢にさらにお煎餅を勧めたのだった。

◇　◇　◇

向日葵と今後のことについての話し合いを済ませた樗賢は、車の後部座席に乗り込むと、バックミラー越しに運転席の秀清を睨《にら》んだ。

「私はいつからハムスターを飼い出したんだ？」

「そんな怖い顔しないでください。……おかげで、彼女をバイトに通わせられるだけでなく、彼女の家に通う約束も取り付けられたのですから、褒めていただきたいぐらいですよ。それに若の説明だけでは、彼女もあのおばあさんも採用理由に納得できなかったと思いますよ」

エンジンを掛ける秀清は、悪びれる様子もなくニヤリと笑う。

「確かに……」

それは評価すべきなのだろう。だが、いいようにからかわれている気がしてならない。

「寵愛《ちょうあい》する〝ハムスター〟を手元に置くことで若が満足してくだされば、僕は満足です。お礼など必要ありません」

「彼女をハムスター扱いするな」

礼を言うべきかどうか悩んでいた樗賢はムッと黙り込み、自分の手に視線を落とした。

武骨な自分の手を眺めて、向日葵の小さな手の感覚を思い出す。

――小さくて柔らかくて、簡単に壊れてしまいそうな手。

気軽に触れることが躊躇《ためら》われる反面、心のどこかでは、乱暴なほど激しく彼女に触れたいという衝動が疼《うず》いている。

さっきも、無防備な彼女に口付けをしたいという衝動に駆られ、堪《こら》えるのに苦労した。

昔出会った六歳も年下の少女。会って、側に置くだけで満足するつもりだったのに、それ以上の思いが心に燻《くすぶ》っている。

——そもそも私は、彼女をどうしたいのだろう?

さっき、庭で頬を抓《つま》んだ瞬間のあの戸惑った顔が忘れられない。

自分を見上げる向日葵の大きく見開かれた瞳には、自分だけが映っていた。きっとあの瞬間、向日葵の中で自分は大きな存在感を示していたはずだ。あんな顔をされると、もっと彼女を困らせたくなってしまう。

向日葵が嫌いなのかと聞かれれば、もちろんそれは違う。嫌いどころか、好意的に思っている。そんな相手を困らせたくなるというのは、どういう心理なのか自分でも理解できない。

「このまま社に戻ってもよろしいでしょうか?」

「いや。ペットショップに向かってくれ」

「ペット……ショップ……ですか?」

バックミラー越しに怪訝《けげん》な視線を向ける秀清を、櫂賢は軽く睨んだ。

「彼女に、嘘をつくわけにはいかない。お前がああ言った以上、ハムスターを飼わなくてはならないだろう」

「なにもそこまでしなくても。彼女を家に招き入れるようなことがない限り、バレることのない嘘です……もしかして、将来的にそのようなご予定でも？」

「バッ！　バカなっ！」

顔を赤面させ、言葉を詰まらせた樗賢は、「彼女と私が、いくつ離れていると思っている」と言って咳払いをした。

「六年ですね、〈恋愛対象〉としては、許容範囲だと思いますよ」

秀清としては、樗賢の嫁にはもちろん容姿、家柄とも庄野院家に釣り合うような良家の娘が相応《ふさわ》しいと思っている。

だが当の樗賢ときたら、極端に恋愛事に関心が薄い。付き合った女性がいなかったわけではないが、既婚者でありながら華やかな恋愛遍歴を重ねる父親と、自由奔放で気紛《きまぐ》れな母親に振り回されてきたせいか、どこか女性に対して冷めている感がある。そんな樗賢が、積極的に女性に関わろうとしているのなら、邪魔をする理由はない。あくまで〈恋愛〉の範疇《はんちゅう》に留《とど》まるならばの話だが。

「誤解のないように言っておくが、彼女に対する思いは、そういうものではない」

樗賢が何かを誤魔化すようにムキになるので、秀清は笑いを噛み殺して「承知しております」と頷いた。

「彼女とは、これから一緒に仕事するのだ。嘘をついたままでは、お前が気兼ねしてしまうだろう」

「ご配慮、感謝いたします」

——小学生の恋愛じゃないのだから、そんなにムキにならなくても。

呆れる思いを抑えて秀清はもっともらしく頷き、カーナビで近郊のペットショップの場所を確認した。

◇　◇　◇

「なんだそれっ！　騙《だま》されているんじゃないか？」

夜、向日葵の就職先が決まったことと、それに伴い来週からアルバイトに通うことを報告された勘吉は、大きく顔をしかめた。

「まさか」

人のよさそうな椙賢の姿を思い出し、向日葵はあり得ないと手を左右に振った。

「わからんぞ。なんかの詐欺かもしれん」

向日葵を怖がらせようと、わざと大げさな口調で話す勘吉の頭を、京子が後ろから叩いた。

「なにをバカなこと言っているんだい」

「痛いなぁ」

頭をさする勘吉の前にお茶を置き、京子はちゃぶ台に置かれている椙賢の名刺を指で叩いた。

「こんな大企業の専務さんが、こんな小さな貧乏煎餅屋《せんべいや》を騙して、なんの得になるんだい」

「貧乏で悪かったな。いいじゃねえか、武士は食わねど高楊枝《たかようじ》って言葉があるだろ」

「煎餅屋《せんべいや》の段階で、アンタは武士じゃないよ」

ハンッと鼻先で笑われ、勘吉は拗《す》ねた表情を浮かべた。

「だけどよぉ……。じゃあなんの目的で、そんな好条件で向日葵を雇うって言ってんだよ」

向日葵は、ハムスターのヒマワリを育てるために庭を貸す約束をしたことを説明した。

それを聞いても納得できない様子の勘吉だったが、これ以上京子に逆らう勇気はないらしい。

「とりあえず、なんだ……その、金をもらう以上、どんな仕事でも誇りを持って働けよ」

結局しぶしぶといった様子で理解を示した勘吉に、向日葵は「もちろん」と、大きく頷いた。

4　名刺の意味

「さて、どうしましょうね」

月曜日、面接が行われた専務室の隣、『専務秘書室』というプレートが掲げられた部屋でのこと。

向日葵の目の前では、秀清が腰に手を当てて唸《うな》っていた。

「なんでもしますよ」

両手でガッツポーズを作ってそう答える向日葵の胸には、今日は『ＧＵＥＳＴ』ではなく、『ＳＴＡＦＦ』と書かれたバッジが着けられている。

「う〜ん。なにが得意です？」

「接客と掃除です」

向日葵が即答すると、秀清はまた唸り声をあげる。

「接客は……お煎餅屋さんのノリでされると困る。というより、迷惑。……掃除は、僕のこだわりが色々あるので……」

――さては軽い潔癖症？

そんなことを思いながら室内を見渡すと、そこは専務室よりも狭く、応接用のソファーセットも小ぶりなものが置かれている。そして所々に凝《こ》ったデザインの置き時計や、素焼きの小鳥の置物などの装飾品。仕事用の大きなデスクには、書類や筆記用具が散乱していた。汚くもないけど、堅苦しいほどに整頓されているわけでもない。それを見て向日葵は、潔癖症というより、パーソナルスペースにこだわりを持つタイプなのだろうと判断した。

「とりあえず、何語が話せますか？」

「何語？　日本語以外ですよね？　……英検なら三級を持ってますよ。あと江戸弁なら、あんまり話さないけど、何て言っているかは聞き取れます」

「ええっと……。う～ん」

さらに唸《うな》り声をあげた秀清は、いつの間にか頭を抱え込んでいる。どうすればいいかわからず見上げていると、困り顔の秀清と目が合った。

「大丈夫です。トイレ掃除でも力仕事でもなんでもしますから、遠慮なく言ってください」

「そんなことさせたら、若に怒られます」

「庄野院さんに怒られる？　どうして？」

そこで秀清は、意味ありげな笑みを浮かべた。

「さあ？　どうしてでしょうね？　……とにかく……あ、そうだ！　携帯持っていますよね」

「え？　……はい。どこかに電話でも掛けますか？」

鞄《かばん》から取り出したスマホを差し出すと、秀清はにこやかに命じた。

「それで遊んでいてください」

「はい？」

「特段お願いできる仕事がないので、それで遊んでいていいですよ」

「でもタイムカード打っちゃいました」

タイムカードに出勤時間を打刻したのだから、退勤時間を打刻するまでの間は、働いていた時間とみなされる。それなのに遊んでいていいわけがない。

焦る向日葵に、秀清は「問題ない」と微笑む。

「気にせず、仕事として遊んでいてください。そうすれば仕事を探さなくていいので、僕も助かります」

秀清は、向日葵に応接用のソファーに座るように勧め、「お茶でも淹《い》れますよ」と言って微笑んだ。

――金をもらう以上、どんな仕事でも誇りを持って働けよ。

勘吉に言われるまでもない。仕事もしないでお金をもらうなんてあり得ない。

「仕事がないなら、今日は帰ります」

一礼して、踵《きびす》を返す向日葵の前に、素早く秀清が回り込んだ。

「ちょっと待ってください。そんなことされたら、僕が若に怒られます」

「だからどうして、私の仕事のことで庄野院さんが怒るんですか？　……というか、庄野院さんはどこにいるんですか？」

「若なら、隣の専務室で仕事を……」

「じゃあ庄野院さんに、なにか仕事がないか聞いてきます」

秀清より、直接樗賢に仕事を決めてもらった方が早い。

そう判断して部屋を出て行こうとする向日葵を阻《はば》むべく、秀清がドアノブを掴んだ。

「ちょっ……ちょっと待ってください」

「だって高梨さん、仕事くれないんだもん。それなら、庄野院さんに仕事を決めてもらった方が早そうだから」

「若は忙しいんですから、こんなことで手を煩《わずら》わせないでください。仕事はすぐに探します」

非難めいた視線を向日葵に向けた秀清は、室内を見渡し「そうだ」と呟《つぶや》いた。そしてデスクの下の方にある引き出しを開け、そこから箱を取り出して向日葵に差し出した。

「これは？」

お店で使う一番大きな詰め合わせ用の缶と同じくらいのサイズの箱だ。持つと、ずっしりした重さを感じる。軽く揺すってみればカタカタと乾いた音がした。

「ここ一年ぐらいの間に、若が受け取った名刺です」

蓋《ふた》を開けると、確かに箱の中には大量の名刺が詰まっている。

「すごい……」

「若ほどの立場になると、常日頃から名刺を渡したいという人が多くて、受け取る側としても管理し切れなくなるんですよ。だからさして必要のない名刺は、ついこうやって箱に入れっぱなしにしてしまいます」

表面に見えている名刺だけでも、会社の社長や有名大学の教授といった肩書のものが目立つ。

「なんだかすごく偉そうな人の名刺がいっぱいあるような気がするんですけど、庄野院さんって、そんなに人気があるんですか？」

素朴な疑問を口にすると、秀清は目を見開き、大きく息を呑んだ。

——怒ってる？

そうは思ったものの、秀清は「若の趣味が理解できない」と呟いただけで、すぐに頬を引きつらせながらぎこちない笑みを浮かべた。

「ええ。それに関しては、おいおい理解していただければと思います」

「はあ」

それから秀清は深いため息を吐《つ》くと、気が向いたら片付けようと思って買っておいたという名刺ホルダーを取り出し、向日葵に渡した。

「ただこれだけは覚えておいてください。若は大きな責務を負っていて、常に多忙です。その結果として、それに見合う評価を世間から受けています。この名刺の山は、そういった若に対する評価の一つだと思ってください」

「はい」

「僕は、幼い頃より一緒に育った若のことを心から尊敬し、生涯の主《あるじ》と決めています。貴女《あなた》も若の一時《いっとき》の気紛《きまぐ》れとはいえ、若の下で働くことになったのですから、少なくとも若の手を煩わせる言動だけは控えてください」

「……はい」

向日葵は、ズシリとした名刺の重みを再確認した。

若くして大きな会社の専務をしているのだし、この名刺の数からしても、樗賢が世間で高い評価を受けていることは理解できる。きっと樗賢を尊敬している人は、秀清の他にもたくさんいるのだろう。

では自分の、この胸の落ち着かない感じも、尊敬というのだろうか？

それに「若の一時《いっとき》の気紛《きまぐ》れ」という言葉も気になる。気紛れで雇われたということは、樗賢の気分次第で突然解雇されることもあるかもしれない。

――庄野院さんにとって私は、ハムスターのヒマワリを栽培するためのおまけなんだよね。

だとすれば、ヒマワリの種の収穫が終わったところで解雇、なんて可能性もある。

突然来るかもしれない〈おしまい〉の存在に、胃の下がざわつく。

「では、そこのソファーを使ってください。何日もかけてゆっくりやってくれればいいし、飽きたらスマホで遊んでいただいて構いません」

秀清に促《うなが》されて向日葵は、名刺ホルダーと名刺の詰まった箱を抱えたまま、応接用のソファーに腰を下ろした。

「あの、会社名ごとに五十音別とか、本人の名前ごとに五十音別とか、仕分けする時の決まりってありますか？」

「ああ……」

秀清は少し考えたようだったが、「好きにしていいですよ」と答えた。

自分にはやるべき仕事が山ほどあるとばかりに、秀清はさっさと自分のデスクに座り、パソコンのマウスを手に取る。

「わかりました」

これ以上質問できない雰囲気を感じた向日葵は、自分で考えて決めるのも仕事のうちなのだろうと判断した。

とりあえず上の方の名刺をテーブルに並べてみた。すると会社社長や専務や部長といった名刺はもちろん、大学教授や美術館の館長、官僚らしき人の名刺も出てきて、樗賢の交流の広さに驚かされる。

――警察の人なんて、警察手帳があるから名刺なんて必要ないんだと思ってた。

――それ以上にスポーツ選手って、どこで名刺を使うんだろう？

野球好きの勘吉が見たら大騒ぎしそうな選手たちの名刺を手に、向日葵は、これはただ五十音別に分けて並べるだけじゃ駄目なのかもしれない、と考えを巡らせた。

◇　◇　◇

専務室で資料に目を通していた樗賢は、ノックの音に顔を上げた。

最初に一回、少し間を置いてリズミカルに短く二回ノックするのは、秀清の癖だと承知している。

入室を許可すると、思ったとおり秀清が入ってきた。

「彼女は？」

「携帯で遊んでいます。……それはそうと、こちらの契約書に関して確認させていただきたいことが……」

「遊んでいる？　なんか意外だな」

「実力的に彼女に任せられる仕事がなかったので、僕が遊んでいていいと言ったんです」

駄目でしたか？　と視線で問いかける秀清に、軽く手を上げて答える。

「いや。彼女が満足なら、それでいい。ただ仕事中に遊ぶような子に見えなかったから、ちょっと意外に感じただけだ」

「一応、名刺の片付けを頼んではみたのですが、退屈だったみたいです」

「……」

「これは一つの提案なのですが、彼女を手元に置きたいと思っているのでしたら、お父上の樰治様《ゆきはる》がよくされるように、気に入った女性の生活を支援するという形で囲われてはどうでしょうか？独身の若が自由恋愛として女性を囲ったところで、世間の目を気にする必要はありませんし」

「愛人」という言葉を避けているのは、秀清の配慮だろう。だけど「囲う」を使っている時点で同じこと。

仕事の面では尊敬できる父親だが、恋多き生《い》き様《ざま》だけは受け入れがたいものがある。しかも既婚者であるにもかかわらず、父親はどんな女性に対しても本気で恋をしていて、それを隠す様子もない。

――私にアレと同じことをしろと。

――それ以前に秀清は彼女を、父の愛人と同程度の存在と認識しているのか？

理解しがたい父親の恋愛遍歴と、その華やかで騒がしい恋のお相手たちを思い出し、樗賢は眉を寄せた。

「若、どちらへ？」

「彼女の様子を見てくる」

「待ってくださいっ！　契約書の件で確認させていただきたいことがあると……」

秀清の声を無視して専務室から出ると、樗賢は隣の秘書室へと向かった。


「ん？　……あっ」

スマホを操作していた向日葵は、部屋に誰かが入ってくる気配に顔を上げた。その途端、樗賢と目が合い、丸い目を大きく見開く。

「そのまま続けて」

慌ててテーブルにスマホを置こうとした向日葵を手で制し、樗賢は向かいのソファーに腰を下ろした。

「じゃあ……」

向日葵は、そのままスマホの操作を続ける。

何度か指を動かすと、今度はテーブルに置いてある付箋《ふせん》に文字を書き込み、広げていた名刺の一枚に貼りつけた。そして他の名刺を手に、またスマホを操作し始める。

「なにをしている?」

しばらく作業を見守っていた樗賢が問いかけると、向日葵は付箋《ふせん》を貼ったばかりの名刺を一枚、差し出して見せた。

見れば製菓会社の社員の名刺。その裏には、「お菓子屋さん」「びっくりラッコ、昭和六十三年発売開始」「創業明治六年。創業者、村国真澄《むらくにますみ》」と書かれている。

「これは?」

「その会社の特徴です。びっくりラッコってお菓子が有名なお菓子屋さんで、村国真澄さんが明治六年に創《つく》りました」

「なるほど……」

手にしていた名刺をテーブルに置き、他の名刺を捲《めく》ると、それにも同じように会社の特徴が書かれた付箋が貼られていた。

「高梨さんに名刺の整理をするように言われて、最初は会社か名刺を渡した人の名前で五十音順に並べようと思ったんです。でもこんなにたくさんあると、訳がわかんなくなりそうだから、まず職業別にグループ分けして、そのグループの中で五十音順に並べようかと思ったんです」

「そうか」

――やっぱり彼女は、遊んだりせずに仕事をしているじゃないか。

「でも……残念ですよね」

秀清の早とちりに苦笑いした樗賢は、そう呟《つぶや》く向日葵を見た。

「なにが残念だ？」

「だって名刺の持ち主の人たちは、庄野院さんに名前を覚えてほしくて名刺を渡しているのに、こんなにたくさんあるんじゃ、庄野院さんが覚え切れないですよね」

「確かに……」

「だからもし庄野院さんが、この名刺の中の誰かに連絡したいと思った時に、すぐにその人を思い出せるように、会社の特徴をメモしながらファイリングしておこうかと」

「なるほど……」

相手に求められれば儀礼的に名刺交換はするが、重要性の低い名刺のその先のことなど考えもしなかった。

――家を訪問した時にも思ったが、彼女は、自分の前にある全てのものを丁寧に扱う。

両親が慈《いつく》しんだ庭、祖父の焼いたお煎餅《せんべい》、祖母の淹《い》れたお茶。

物に込《こ》められた誰かの思いを見落とすことなく丁寧に扱い、今まで自分では考えもしなかったことに気付かせてくれる。

――人の思いを丁寧に扱う指先……

「あの……」

戸惑う向日葵の声に樗賢は、いつの間にか彼女の手に自分の手を重ねていたことに気付いた。

「失礼」

謝りながらも離すことなく、彼女の手を目の高さに持ち上げる。

「…………っ」

互いの手を挟んで目が合うと、向日葵は困ったように俯《うつむ》いた。それでも手を振り払うことがないので、ホッと安堵する。

「優しい指先をしているなと、感心していたんだよ」

触れるものを傷付けないよう綺麗に爪を切り揃えた指先は、飾るためではなく、働くための指先なのだとわかる。子供の頃と変わらない指先に、懐かしさと愛おしさが混ざり合ったような感情が込み上げる。

「…………からかわないでください」

指先を観察する樗賢に、向日葵が堪《たま》りかねたように声をあげた。

「からかってなど……」

手に気を取られていて気付かなかったが、向日葵の頬がファンデーション越しにもわかるほどに紅潮している。その表情に、奇妙な喜びが疼《うず》く。

「…………意地悪」

そんな風に呟《つぶや》く向日葵をもっと困らせたいという思いもあるが、嫌われたくはない。樗賢はしぶしぶ手を離した。向日葵は解放された手で耳に掛かった髪を撫《な》でる。

「……そうだ」

樗賢は、スーツの内ポケットから名刺入れを取り出した。その中から名刺を一枚取り出し、胸ポケットに挿《さ》していた万年筆で何かを書き込むと、向日葵に差し出した。

「これは？」

「私の名刺だ。それと今書いたのは、私のプライベートの電話番号とアドレス」

差し出されるままに名刺を受け取った向日葵は、少しの間バランスよく並んだその文字を観察した。

「えっと……ファイリングしますか？」

両手で名刺を持った向日葵が真面目な表情でそう言うので、樗賢は思わず噴き出してしまった。

「私の名刺を、どうしてファイリングしなくちゃいけないんだ」

「え、だって名刺だから」

「そのファイルは、私のために作っているのだろう？　ファイリングなどしなくとも、私の名刺は私が持っている」

向日葵が、自分の名刺の裏にどんな説明を書き添えるのかは興味があるが。

「あっ！　そうですよね」

頬を赤くく染めて名刺と樗賢を見比べた向日葵は、最後に樗賢をまっすぐ見て「じゃあ、どうすればいいですか？」と困り顔を見せた。

——面白い子だ。

「君に持っていてほしい」

「はい？」

「君もあと少しで社会人になる。そうすれば君だってたくさんの名刺をもらうことになる。私と同じく受け取った名刺の全てを覚えてはいられないと思うが、最初に受け取った名刺なら忘れないだろう？」

「えっと……」

「いらないなら、捨ててもらってもいいのだが」

今までぜひにと名刺を求められたことはあっても、いらないと言われたことがなかった樗賢は、急に不安になった。さっきのことで嫌われたのだろうか。

だが樗賢の表情の変化に気付かない向日葵は、勢いよく首を横に振る。

そして受け取った名刺を、ぎこちない手つきで自分の鞄《かばん》にしまった。

「受け取ってくれてありがとう」

素直にお礼を言う樗賢に、向日葵は「そういうのズルイです」と唇を尖《とが》らせる。

「え？」

「なんでもないです。えっと……社会人になっても、名刺をもらえるかはわかんないですけど、私用の名刺ホルダーを買って、大事にファイリングさせてもらいます。あ、でも……」

「でも？」

「私が最初に名刺をもらった人は、庄野院さんじゃなく高梨さんです。就職説明会の時、連絡先として名刺をもらいましたから」

「そ……そうか」

「庄野院さん、なにか怒ってます？」

「まさか。では、頑張って作業を続けてくれ」

ぎこちない笑顔で立ち上がった櫂賢は、そのまま秘書室を出ていった。

専務室に戻った櫂賢は、乱暴に椅子に腰を下ろし、傍らの秀清を見上げた。

「なにか、気に障《さわ》ることでも」

「別に。……ただ、さっきの話だが、私は彼女に対し、父の愛人と同じような扱い方をするつもりはない」

「しかし……」

「彼女はちゃんと仕事をしていた。楽をしようと思えば出来ることでも、他人を思いやり、手を抜くことなく仕事をする彼女が、そんな扱いを望んでいるとは思えない。だから私は、ちゃんと彼女を社員として雇うつもりだ」

「……」

「それに彼女が仕事のサポートをしてくれることは、秀清に補佐してもらうのとは別な意味で、私の励みになる」

普段、呆れるほど執着心が薄い櫂賢が見せた頑《かたく》なな態度に、秀清は反論の余地はないと悟った。

「わかりました。ですが社員として迎えたいとおっしゃるのであれば、他の新入社員同様に、きちんと新人研修を受けさせせます。私の補佐役……秘書見習いとして迎え入れるのは、そうやって社会人としての基礎を学んでからになるということはご了承ください」

「……わかった」

本当は片時も離すことなく彼女を手元に置いておきたいのだが、そこまで我儘《わがまま》を通すわけにもいかないだろう。

そう納得した槫賢は、しぶしぶと頷いた。

5　四月の勘違い

四月の東京は、桜色に霞《かす》んで見える。

川べりはもとより、街のそこかしこを桜の花が彩《いろど》るので、外を歩くだけで心がうきうきしてくる。

――隅田川の桜並木って、八代将軍の吉宗《よしむね》が河川整備のために植樹したんだっけ。

昔授業で習ったおぼろげな記憶を辿っていた向日葵は、誰かに名前を呼ばれたような気がして足を止めた。

「ああ、トオル」

前方に自転車のペダルを踏む桜井トオルの姿を見つけて、手を振る。

近づいてきたトオルは、向日葵の前でブレーキを軋《きし》ませて自転車を停めた。そして桜井青果店の屋号が入った藍染《あいぞめ》の前掛けを翻《ひるがえ》しながら自転車を降りた。

幼稚園から高校まで同じ学校に通っていたトオルは、高校卒業後、家業の青果店で働いている。

「仕事帰りか？　なんか雰囲気変わったな。一瞬、誰かわかんなかった」

金色に近い茶色の髪をしたトオルは、向日葵の全身に視線を走らせると、大げさに驚いてみせた。

「へへ……」

その様子に、スーツ姿の向日葵は照れた笑みを浮かべる。

「化粧までしてるし。まあ、身長と髪型ですぐにわかったけど」

大学生時代は、ファンデーションに眉毛を描く程度だったけれど、四月の初日に入社式を迎え、研修中の今は、毎日落ち着いたスーツ姿で出勤している。化粧も学生時代よりは濃い。

社会人なのだからこのぐらいの化粧はマナーの内、とは思っていても、小さい頃の自分を知るトオルに指摘されると、なんだか恥ずかしい。

「だって社会人だもん」

向日葵が言い訳するように答えると、トオルは向日葵の鞄《かばん》を取り上げて自転車のカゴに載せる。

それから自転車の向きを変えて一緒に歩き始めた。

「どっかに行く途中じゃなかったの?」

「後でいいや。お前にちょっと話があるから。……えっと、最近どう?」

「どうって……」

探るような視線に、どう答えればいいかわからない。そんな向日葵に、トオルは続ける。

「花田さんのこと、覚えている?」

花田夫妻は、トオルの家が営む桜井青果店の常連さんでもあった。

「もちろん」

忘れるわけがない。でもどうして今頃、去年の秋に引っ越していった彼らのことを話題にするのだろう。

「あそこの土地を買った建設会社が、最近商店街にも手を出そうとしているって噂があるんだ。ほら商店街の外れにあった時計屋さん。あそこのご主人が亡くなって、店を閉めていただろ？　そこをその建築会社が買い取ったんだってさ。それを取っ掛かりに、近くの店舗や住宅に買い取りの交渉をしているらしい」

「嘘……」

そんな話、勘吉からも京子からも聞いたことない。

「結構信憑性《しんぴょうせい》のある噂らしいよ」

「なんで不動産屋じゃなくて、建築会社なの？」

「隣接する土地をまとめて買い取って、ビルだかホテルだかを建てる気なんだって。この辺、古い建物が多いけど、交通アクセスはいいから人気あるんだと。それで交渉っていうより、脅迫に近い嫌がらせまで受けている店もあるって話も聞いたな。ヒマの店、結構、時計屋に近いだろ」

心配げなトオルの声に向日葵は、花田夫妻が引っ越してすぐの頃、空き家の前に車が停まっていたことを思い出した。あの時庭で話していた男たちは、その建築会社の人間だったのかもしれない。

「勘吉さんいるから大丈夫だと思うけど、なんかあったら、俺か親父に相談しろよ」

「うん。ありがとう。……なんか、これ以上、周りが変わっちゃうの嫌だな」

ぽつりと呟《つぶや》く向日葵の頭を、トオルが大きな手で押さえ込んだ。

「そんな暗い顔していると、身長が縮むぞ」

「やめてよ。そんなに押さえられたら、本当に縮んじゃうっ」

向日葵は、トオルの手を押しのけようともがいた。

「今さら、このくらいで縮むわけがないだろ」

ケラケラと笑いながら、トオルは向日葵の頭から手を離した。

「もう。髪がくしゃくしゃ」

解放された向日葵は、手櫛《てぐし》で髪を直しながらトオルを睨《にら》んだ。

でも、この乱暴な態度もトオルの優しさの一つだと知っている。向日葵が両親を事故で亡くしてから、トオルは時に乱暴に、時に優しく気にかけてくれている。

親戚の結婚式に向かう両親の乗った飛行機が消息を絶った、との知らせを受けた日のこと。乗客の安否が確認されるまで、その家族が一つの部屋に集まって待機している間、誰かの大きな手が自分の手を握ってくれていた。あれは、たぶんトオルだったのだろう。

——あの日のことがあるから、男の人の大きな手に過剰反応しちゃうのかな?

アルバイト初日に樗賢に手を握られたことは、今でも鮮明に覚えている。

手を持ち上げられ視線を合わせているだけで、心臓が止まりそうなくらい息苦しかった。

名刺をもらった時も、本当はすごく嬉しかったのに緊張で震える指先を抑えるのに必死で、ぶっきらぼうな話し方になっていた気がする。

——庄野院さんみたいな大人の男の人からすれば、私の手を握ることに深い意味はないんだよね。

頭ではわかっていても、樗賢の大きな手に触れられて切れ長の目で見つめられると、胸の鼓動が勝手に加速してしまう。

——こういうのって、自分の心が自分のものじゃなくなっていくみたいで、ちょっと怖いな……

そう思う反面、会えない日が続くと、樗賢に会いたくなってしまうから不思議だ。

樗賢のことを考えると、心がくすぐったい。そんな感覚を楽しむように、つい樗賢のことばかり考えてしまう。

「ところで、会社どうよ？　バイトの頃となんか変わった？」

家族同然の付き合いをしているトオルには、ショウノ・ホールディングスのバイトが決まった時に、そのまま同じ会社に就職することも伝えてある。

明るいトーンで話すトオルに、向日葵もつられて明るい表情を見せた。

「どうって、今は研修中だから、毎日大学の講義受けている時とあまり変わらないよ。難しい話が多くてちんぷんかんぷんなところも、大学の講義に似ているかも」

「ヒマ……、お前よく大学卒業できたな。ところで例の王子様とは、一緒に仕事してないの？」

向日葵のバイト時代、上司にあたる人がハムスターを溺愛《できあい》している〈ハムスター王子〉であることを聞いていたトオルは、好奇心に満ちた目をしながら尋ねてくる。

「四月になってから、全然会ってないよ。アルバイトしていた頃の方が、顔を見ることが多かったくらい」

新人研修が始まってからここ最近は、研修場所が本社ビルではないこともあり、樗賢には会えていない。もっともアルバイトとして通っていた頃も、樗賢は出張や会議が多く専務室にいることが少なかったから、毎日会えるわけではなかったけれど。

「なんだ。毎日ハムスター王子の指導のもと、ハムスター牧場でハムスターの世話でもしているのかと思った」

「それ、どんな仕事よ。……あっ」

トオルに怒る真似をしてみせた向日葵は、ふと自分の脇を追い越していった車に視線を吸い寄せられた。

「おいっ！　ヒマっ！」

突然走り出した向日葵に驚いて、トオルが名前を呼んだ。だけど向日葵は、振り返ることなくパンプスを履いた不安定な足元で先ほどの車を追っていった。


車が夏目煎餅の前で停まったのを認めた向日葵が、肩を上下させて乱れた呼吸を整えていると、運転席のドアが開いた。

「ああ、ちょうどよかった」

車から降りてきた秀清は、向日葵と目が合うと軽く手を上げた。

車に歩み寄った向日葵は、後部座席に人影がないことを確認して、静かに落胆する。

「今日は……？」

庄野院さんは一緒じゃないんですか？

そう聞きたいのを堪《こら》える向日葵の肩を、トオルが掴んだ。

「ヒマ、こいつ誰？」

トオルはそのまま向日葵を引き寄せ、自分の後ろに隠すように立ちはだかった。警戒心を露《あら》わにするトオルに、向日葵は慌てて「会社の人」と耳打ちする。トオルも小声で聞き返す。

「ハムスター王子の仲間？」

「専務の秘書をしている高梨さん」

さすがに就職した今、自分の勤める会社の専務をおおっぴらに〈ハムスター王子〉などと呼ぶわけにはいかない。

「ああ……なんだ」

警戒心を解いたトオルに、今度は秀清が険しい視線を向ける。

「なにをヒソヒソ……というか、そちらの彼は？」

「どうも。桜井トオルです」

人懐《ひとなつ》っこい笑みを浮かべるトオルを横目に、秀清は眉を寄せて向日葵を見た。

「あの……もしかして、夏目君の恋人……とか？」

「えっ！　まさかっ！　ただの幼馴染《おさななじみ》です」

驚いた様子で手をパタパタ振る向日葵の隣で、トオルも「マジあり得ん」と言いつつ首を激しく横に振る。

「そう……。君に恋人がいるわけがないと思っていたので、一瞬焦りました」

――……？

秀清の言葉の意味を理解できないでいる向日葵の横腹を、トオルがにやにやしながら肘で突《つつ》いた。

「わかってないな」

トオルにそう囁《ささや》かれても、やっぱり意味が分からない。

首を傾げる向日葵に、秀清が「それより今日は、用事があって寄らせてもらいました」と声をかけた。そして二人の前を横切り、車のトランクを開ける。

「これは？」

「ヒマワリの苗と、ヒマワリ畑を作るための土や肥料です」

言葉どおりトランクには、数本の苗などと一緒に、腐葉土《ふようど》や肥料、新品の鍬《くわ》などが入っている。

「ああ……」

「今週末にヒマワリを植えに来たいので、その準備です」

すっかり忘れていたけど、去年の秋、春になったら庭でヒマワリを栽培させる約束をしたのだった。

――ということは、週末には庄野院さんに会えるんだ。

「ヒマワリ？」

思わず笑みを浮かべる向日葵に、トオルが怪訝《けげん》な顔をした。向日葵は小声で、「庄野院さんの飼っているハムスターの餌になるヒマワリを、うちの庭で栽培する約束をしてたの」と説明した。

その説明にトオルは、なんとも言えない表情で秀清を見た。

「なにか？」

「なんて言うか、……すごく愛しているんですね。さすが……」

さすがに初対面の秀清の前で「ハムスター王子」とは口にしにくいらしく、トオルは言葉尻を濁した。自分の主《あるじ》にそんなあだ名がついていることなど知る由《よし》もない秀清は、トオルの隣に立つ向日葵に視線をやりつつしみじみと頷いた。

「どうやら、そのようです」

「小さくて、可愛い生き物だとは思うけど。……ちょっと変わった好みですね」

「確かに、少し理解しがたい嗜好《しこう》ではあります」

「ですよね。可愛いけど頭悪そうだし」

「確かに。物覚えの悪さには、苦慮《くりょ》させられましたね。さすがによくお分かりで」

「イヤ。俺そんなに詳しくないけど」

秀清とトオルは、若干のすれ違いを含む会話の中、その違和感の正体を追及することなく初対面の挨拶を済ませた。

「とりあえず、荷物下ろします？」

向日葵がそう聞くと、二人ともトランクに視線を向けた。

「そうだった。急に時間が空いたのでこの隙に買い物を……と思って、夏目さんに確認もせず買ってきてしまいましたが、日曜日までこの荷物を庭のどこかに置かせてもらえませんか」

「もちろん。いいですよ」

「ああ、スーツが汚れるから俺が下ろしてやるよ」

腐葉土の入った袋を抱えようとする秀清を、トオルが制した。

「助かる。ありがとう」

腐葉土の袋はトオルに任せて、秀清は軽い荷物を道の端に下ろしていく。そして一とおり荷物を下ろし終えると、「一度、車を駐車場に停めてきます」と言ってその場を離れた。

「俺が庭に運んどいてやるから、ヒマもとりあえず着替えてこいよ。汚すと困るだろ」

トオルは、自転車を店の邪魔にならない場所に停め、腐葉土の袋を担《かつ》ぐと、夏目煎餅と隣の店の間、ゴミ箱などが置かれている幅一メートルにも満たない細い通路を進んでいく。

スーツは最低限の数しか持っていない向日葵は、そのままトオルに荷物を任せることにして店の中に入った。

着替えを済ませて縁側を覗くと、荷物はすでに運び終わっていて、車を停めてきた秀清とトオルが立ち話をしていた。

「土曜日までここに置かせてもらって、差し障《さわ》りはないですか？」

雨風の影響が少なそうな軒先に荷物をまとめていた秀清は、姿を見せた向日葵に確認をした。

――今日は木曜日だから、明後日には庄野院さんに会える。

頭の中で樗賢に会えるまでの日数を数えながら、向日葵は「どうぞ」と笑みを浮かべた。

「ヒマ、お茶」

縁側に腰を下ろしたトオルが一仕事終えたとばかりにねだってくる。

「熱いの？　冷たいの？」

「どっちがいい？」

そう言ってトオルは、秀清を見た。馴れ馴れしい二人のやり取りに戸惑いつつも、「熱いので」と答えた秀清は、すぐに気まずそうに言い直した。

「あ、別にお茶はなくても……というか僕が淹《い》れましょうか？」

「お客さんなんだから、座っていてください」

向日葵が台所へと向かったので、秀清もまた仕方なく縁側に腰を下ろした。

ぼんやり庭を眺めていると、トオルが突然秀清の顔を覗き込んだ。

「お兄さん、ヒマが好きなの？」

「はぁ？」

素《す》っ頓狂《とんきょう》な声をあげる秀清に、トオルはしたり顔で頷く。

「いいよ、いいよ。黙っといてやるから。なるほどな」

冗談じゃない、と秀清が顔をしかめていると、向日葵がお茶とお煎餅《せんべい》をお盆に乗せて戻ってきた。

「大丈夫。俺が協力してやるよ。……ヒマ、ここに座れ」

「だからっ！」

「トオル、なんだか楽しそうだね」

トオルの手招きに応じて、向日葵が秀清とトオルの間に座った。ニヤニヤと笑うトオルは、向日葵の肩越しに秀清に向かって意味ありげな笑みを浮かべている。

秀清は向日葵が差し出す湯呑《ゆのみ》を受け取り、そのまま不服気にお茶を啜《すす》った。

「あぁ……美味しい」

鮮やかな萌黄色《もえぎいろ》のお茶を口に含んだ秀清は、爽やかな匂いが喉から鼻へと抜けていく感覚に、思わず表情を和らげて考えた。

それほど高価な茶葉を使っているとも思えないのに深い味わいがあるのは、客をもてなすために丁寧な淹《い》れ方をしているからだろう。以前樗賢が、向日葵は楽をしようと思えば出来ることでも手を抜かない、と褒めていたことがあったが、その点は同感である。

「よかったです」

素直に喜んだ向日葵は、庭の一角、石で囲まれている四角いスペースを指差した。

「ヒマワリを植えるの、あそこでいいですか?」

「あそこは?」

「おじいちゃんが、時々気紛《きまぐ》れに家庭菜園をしている場所です。今年は腰の調子が悪いからって、なにも育ててないんですけど。あそこは特に日当たりもいいですよ」

「なるほど……」

「それと、植えるまで、苗にはちゃんと水をあげときますね」

「ありがとう」

お茶をもう一口飲んだ秀清は、向日葵にも聞こえないほどの小さな声で「悪い子じゃないのは、認めていますよ」と呟《つぶや》いた。ただ、恋愛対象とすることが理解できないだけだ。

ふと向日葵越しにトオルと目が合う。

「だから勘違いだって……」

満面の笑みで親指を立ててみせるトオルに、秀清は再び顔をしかめた。

◇　◇　◇

その夜樗賢は、自宅マンションでのカウンター越しに、キッチンに立つ秀清の姿を眺めた。外食をするとの連絡を入れてない限り、夕食と翌日の朝食の準備は、通いの家政婦が用意しておいてくれる。秀清は、それを慣れた手つきで温めて皿に盛りつけているところだ。

――お前は私の新妻か……

秀清の姿に、樗賢はため息を漏らした。

無駄に広い郊外の実家を出て、利便性と機能性重視で選んだこの都心のマンションに移り住んだ時、当然のように秀清も下の階に越してきた。そしてこれまた当然のように、毎日樗賢と一緒に食事をとっていく。

――よく考えれば、いい歳をした男が毎日二人で食事をとるというのは、どうなんだろうか？

樗賢はそこまで考えて小さく笑った。

――ああ、違うな。もしここにいるのが夏目向日葵だったら……と、考えてしまったからだ。

さして気にもしていなかった秀清との食事に今さらそんなことを思うのは、プライベートな時間、プライベートな空間に向日葵がいる光景が脳裏をかすめるから。

「そういえば、今日の午後、夏目煎餅に行ってきました」

「何故っ！」

不意に飛び出してきた向日葵の話題に、樗賢は素《す》で驚いた。

「明後日、ヒマワリの苗を植えに行く準備です。苗とか肥料を置いてきました。若が銀行との会合に出席されている間、少し時間が空きましたので……」

「彼女に、会ったのか？」

「ええ。ちょうど、研修から戻ってきたところでした。ついでに土曜日に訪問する時間も決めてきました。………一緒に行きたかったですか？」

「……」

行きたくなかったと言えば嘘になる。だからといって秀清相手にそれを認めるのも癪《しゃく》に障《さわ》る。

樗賢はムスッと固く唇を結び、近くに置いてあった新聞を広げた。そんな樗賢に、秀清は思い出したように「そうだ」と視線を向けた。

「話の流れで事故当時のことを確認してみたんですけど、彼女はあの頃の記憶が曖昧《あいまい》になっているそうです」

「直接確認したのか？」

あれは彼女にとって、決して愉快な記憶ではない。それを承知の上で、わざわざ本人に確認したというのか？　そんな非難めいた視線を察して、秀清は首を横に振る。

「彼女が席を外している時に、ちょうど居合わせた彼女の幼馴染《おさななじみ》に聞きました。ショックで事故直後に高熱を出したとかで、それもあったんでしょう」

「そうか……」

「長年にわたり若が気にかけてこられたのに、向こうが若のことを全く覚えていないというのは失礼な話かもしれません。ですがさすがに、致し方ないかとも……」

主《あるじ》の沈黙をどう受け取ったのか、秀清は皿を準備しながらフォローのような言葉をかける。樗賢は静かに息を吐いた。

庄野院家の次期当主。その立場のせいで、子どもの頃より周囲には「無礼のないように」「お気に召していただくように」と気を使われているのを肌で感じてきた。

一方現当主である樗賢の父親は、そんな状況をフル活用して豪快に遊ぶ。だが、父親のような生き方は樗賢の性には合わない。そんな父親の機嫌を取るために右往左往する大人たちの姿も、滑稽《こっけい》で好きになれなかった。

父のように振る舞うくらいなら、いっそのこと喜怒哀楽を見せず、物事に執着しないよう生きる方が気楽だと割り切ってきた。そうすれば、周囲の人間も機嫌の取りようがないからだ。

その結果自分が、庄野院家の歴代当主同様切れ者ではあるが、豪快さには欠けると噂されているのも承知している。

「自分がずっと覚えていたのだから、相手にも覚えていてほしい――そんな我儘《わがまま》な感情を、私は持ち合わせていない」

「そうですか。まあ、彼女と若では記憶力の差もありますしね」

相変わらず失礼な発言をする秀清を視線で窘《たしな》めると、樗賢は立ち上がり書斎に向かった。

照明を点《つ》けた途端、光に驚いたハムスターがカゴの中を動き回る。

カゴの蓋《ふた》を開けヒマワリの種を差し出すと、小さな両手を使って受け取った栗毛《くりげ》のハムスターが、それを頬袋に収めた。

「やはり彼女は、私と出会ったことを覚えていないのか……」

一つ、二つ、三つ……ハムスターにヒマワリの種を与えながら樗賢は、向日葵と初めて会った日のことを静かに思い出していた。

◇◇◇

樗賢が向日葵と出会ったのは、十六年前。とある国内線がフライト直後に消息を絶ち、その安否情報を待つ家族が集まっていたホテルの一室でのことだった。

樗賢が海外出張中の父親に代わり、会社の者や秀清と一緒にその場に駆けつけたのは、乗客名簿に自分の母親の名前があったからだ。情報を求めて大人たちが右往左往する会場で、十二歳の樗賢は、自分よりはるかに幼い一人の少女の姿に目を留めた。

幼稚園ぐらいのその少女は、航空会社の社員に詰め寄る大人たちから離れた場所で、一人不安げな表情をして座っていた。

――乗客の家族かな？

――こんな場所にこんな小さな子を連れてきても、不安がるだけなのに……

その子を一人にしておくのが可哀想で、樗賢は少女の隣の椅子に腰を下ろした。

すると少女は泣きそうな表情を浮かべて、助けを求めるように樗賢の手を握ってきた。

一人っ子で、自分より年下の子供との交流が少なかった樗賢にとって、その小さな手の存在は衝撃的であり、守ってあげたいと思わずにはいられなかった。だから少女に「お父さんとお母さん、大丈夫だよね」と問いかけられた時、「もちろん」と、大きく頷いて励ましたのだ。

樗賢の言葉に安心したのか、その少女はかすかな笑みを浮かべて、樗賢の手を握り返してきた。

そして小さな手に力を込めて、こう言った。

「私のお父さんとお母さんが大丈夫なら、お兄ちゃんの家の人も、大丈夫だよ。だから……」

――こんなに震えなくてもいいよ。

言葉にすることなく、必死に自分の手を握り返す少女の手に、自分の指先が震えていることを教えられた。驚いて見つめ返すと、少女は今度はぎこちなく笑う。

樗賢の母親は自由奔放な人で、日本国内どころか、世界中を気の向くままに旅して回っていた。

普段からろくに顔を合わせることもない母親を必要とするほど、自分は幼くない。父親だって、同世代の子より聡《さと》い息子を一人前だと思っているからこそ、自身の代役を任せたのだ。

そう思っていたはずなのに、母親が死んだかもしれないという情報に、ひどく動揺している自分がいることに樗賢は気付いた。

「大丈夫だよ」

少女は、優しく繰り返す。

自分よりはるかに幼く、母親どころか両親揃ってその安否が心配されている少女。なのに、椰賢の震える指先に気付いて励まそうとしてくれている。

その優しさに、心が震えた。

「ありがとう。そうだね、きっと大丈夫だ」

小さな手をしっかり握り返して、少女に話しかけた。「君のことを教えて」と……

お互いの親はきっと無事に帰って来るから、その連絡を待つ間、自分のことを教え合おうと。

頷いた少女は、自分の名前が夏目向日葵であること、家が煎餅屋《せんべいや》であること、両親が親戚の結婚式に出席するために飛行機に乗っていたこと、今回お留守番をする代わりに、帰ってきたらずっと飼いたかったハムスターを買ってもらう約束をしていることなどを話してくれた。

椰賢も、自分の名前を教えた。向日葵ほど詳しく自分の家族について話さなかったのは、向日葵の前では、ただの椰賢でいたかったから。

庄野院家の次期当主。ショウノ・ホールディングスの未来の社長。

そういった立場を背負った自分ではなく、親の安否に怯《おび》える、ただの十二歳の自分でいたかった。

自分を庄野院家の者としてではなく、ただの椰賢として慈《いつく》しんでくれる者との出会いは衝撃的で、離れがたいものがあった。

結局椰賢の母親は、いつもの気紛《きまぐ》れを起こして直前に搭乗を取りやめたため、事故には巻き込まれていなかったのだが、会社の者からその報告を受けた後も、椰賢はその場を離れる気にはなれなかった。

そして山中で墜落した機体が発見され、生存者の希望が断たれたことを知った時。

なんの気休めにもならないと知りながら、泣きじゃくる向日葵の栗色の髪を撫《な》で、「大きくなったら、僕が代わりにハムスターを買ってあげるから」と約束をしたのだった。

情報を求め会場を駆け回っていた祖父母に連れられ、その場を離れる向日葵の後ろ姿を見送った時の胸の苦しさは、今でも忘れることが出来ない。

◇◇◇

「……まだ入るのか？」

そんなことを思い出しながら、与えた種の数だけ膨らんでいくハムスターの頰に、榑賢は小さく笑う。

幼い向日葵が、家族を失うといった衝撃的な事件の折に出会った少年のことを覚えていないのは仕方ない。想定の範囲内だ。

なのに、落胆する自分がここにいる。

本当は覚えていてほしかった。事故の日のことは無理だとしても、本屋で再会した日のことぐらい、記憶の片隅でいいから留《とど》めていてほしかった。

彼女に自分のことを思い出してもらう良い方法はないものだろうかと考えを巡らせて、ふと榑賢は苦笑いを浮かべた。

——私はいつから、こんなにも我儘《わがまま》になってしまったのだろう。

——夏目向日葵が関わると、いつもの自分を保てない。

最初は、ただ元気で幸せに暮らしていてくれればそれでいいと思っていた。

けれども本屋で偶然再会してからは、また会いたいと思うようになっていた。

そして会えば話したいと思うし、話せば触れたくなる。

指や頬にだけでなく、もっと深く淫《みだ》らな部分まで。

際限なく加速していく己《おのれ》の欲望に呆れてしまうが、事実として、心は貪欲に向日葵を欲している。

いつか感情のタガが外れて、歴代当主のように、己の欲望に忠実で欲しいものを手に入れるためなら手段を選ばない自分が顔を出すのではないか——そんな不安さえ感じてしまう。

「若、食事の準備が整いました」

ダイニングの秀清に返事をした樗賢は、ハムスターの頭を指先で撫《な》で、書斎を後にした。


「そういえば、彼女の幼馴染《おさななじみ》とは、どんな人物だった？」

アルバイトとして来ていた頃に、仲のいい幼馴染がいることは聞いたが、その幼馴染がどんな人物なのかまでは知らない。

見上げると、秀清はなにか嫌なことを思い出したのか、頬をピクリッと引きつらせた。

「どんな……とは？」

「いつも一緒にいたと言っていたから、よほど気が合う子なのだろう。やっぱり彼女に似て、小柄で明るい女の子なのかな？」

「そうですね……なんと言いますか、身長は、彼女より高いですね」

「他には？」

「勘違いしやすい性格で、理解力が乏《とぼ》しい面が見受けられます」

「会ってみたいものだな」

椁賢の何気無い呟《つぶや》きに、秀清は苦笑いを浮かべた。

6　ハムスター王子の休日

土曜日の午前中、時間を気にしながら店を手伝っていた向日葵は、カラカラと店の戸が開く音に笑顔で振り返った。

「いらっしゃい……ませ」

戸口に立つ見慣れない男性の姿に、向日葵は思わず店の振り子時計に視線を走らせる。

一瞬、樗賢たちが来たのかと思ったけど、約束の時間までまだ一時間はある。

「店主は、ご在宅かな？」

歳は樗賢と同じくらい、細身のスーツ姿の客が、友好的には思えない癖のある笑みを浮かべた。

「はい……」

――あれ？　この人……

――爬虫類《はちゅうるい》っぽい笑い方と、左目の泣きボクロ……

どこかで見た覚えがあるのだが、それがどこだったのか思い出せない。

常連でもないお客さんが、わざわざ「店主を……」と勘吉を呼び出すことはあまりない。そういう声のかけ方をする人は、だいたい外回りの銀行員や営業マンだ。

――スーツ着ているし、なにかの営業かな？

そう予想をしながら、向日葵は店の奥にいる勘吉を呼んだ。

「おじいちゃん、お客さん」

「ああぁ？　婆さんは？」

普段接客は向日葵と京子に任せ、自分は煎餅《せんべい》を焼くことに専念している勘吉は、露骨に面倒臭そうな顔をして姿を見せた。

「豊田《とよた》さんのところ」

京子と仲のいいご近所さんの名前に、勘吉は「しばらく帰ってこねえな」と舌打ちをした。そうして襟元を掻きながら、戸口の男に視線を向ける。その視線を受け、男は名刺を差し出した。

「初めまして。……私はこういう者です」

「ああ？　桐宮《きりみや》建設の桐宮恭介《きょうすけ》？」

勘吉は名刺を受け取り、さして興味もなさそうな口調で、そこに書かれている名前を読み上げた。

「で、その建設会社の人がウチになんの用でえ？」

「単刀直入に申しまして、ここの土地を我が社に売っていただきたい」

「なに？」

勘吉の険しい視線を気に留める様子もなく、桐宮は言葉を続ける。

「情報によると、この店の跡取り夫婦は事故死していて、店を継ぐ者はいないとか。ならばこの土地を売った金で、老夫婦が隠居生活を送るのに適した田舎に土地を買ってはいかがですか？」

「はぁ？　ちっと待ってろっ！」

話を聞き終わるか終わらないかのタイミングで、眉を大きく吊り上げた勘吉が店の奥に引き返す。そして荒々しい足音と共に戻ってくるなり、拳を大きく振り上げた。

「おじ……」

「えっ！　わっ……痛っ！」

止める間もなく向日葵の横をすり抜けた勘吉が、大きく拳を振り上げ桐宮になにかを投げつけた。一瞬、塩でも投げつけたのかと思ったけれど、直後にツンッとした刺激が鼻孔《びこう》に触れる。

——一味唐辛子……？

よく見れば勘吉は左手に、辛味煎餅《からみせんべい》というピリ辛なお煎餅の味付けに使う、一味の入った壷を抱えている。京都の業者さんに頼んでブレンドしてもらっているこだわりの一味には、なかなか強烈な刺激があるのだ。

目にでも入ったのか、桐宮はふらついて尻餅を突くと、顔に掛かった赤い粉を必死に叩《はた》く。そんな桐宮を見下ろし、勘吉は再び右手を壷に突っ込んで腕を振り上げる。

「ウチには、ちゃんと向日葵って跡取りがいるんでぇ。しかも人のこと年寄り扱いしやがってっ！これ以上、塩を撒《ま》かれたくなかったらとっとと帰りやがれっ！」

なおも拳を振り上げる勘吉に、桐宮は冗談じゃないとばかりに後ずさりをする。

「おじいちゃん、それ塩じゃないよ」

慌てる向日葵の言葉に一度は手にした壷を確認した勘吉だったが、「うるさいっ！　似たようなもんだっ！」と声を荒らげるだけだ。振り上げた拳を下ろす気はないらしい。

「食べ物粗末に扱うと、おばあちゃんに怒られるよ」

向日葵は、頭に血が上っている勘吉に一番効果的な方法で仲裁に入った。

「うっ……」

勘吉が握りしめていた一味をしぶしぶ壷に戻すと、桐宮は立ち上がりスーツに掛かった一味を払った。

「大丈夫ですか？」

一応確認する向日葵を、桐宮が睨《にら》む。

「大丈夫なわけがあるかっ！　傷害罪で訴えてやる」

「ほう。こんな老いぼれの威嚇《いかく》に驚いて尻餅ついたって、お巡りさんに泣きつく気か？　最近の若者は情けないねぇ。男らしさがねぇ」

嘆《なげ》かわしいと大げさに首を振る勘吉に、桐宮が唇を噛んだ。

「覚えていろっ！」

「やなこったっ！」

お約束な捨て台詞《ぜりふ》を残して店を出て行く桐宮に、これまたお約束な言葉を返して舌を出す勘吉は、まだ怒りが収まらないといった様子で店の奥に引き返していった。

「おじいちゃん……」

向日葵は乱暴に戸を閉めるその背中を見送った後で、さっきの桐宮は、半年ほど前に花田家で見かけた男だということに気付いた。

――だとすると、あの人はやっぱり、トオルの言っていた地上げ屋なのかも……

そんな不安が向日葵の胸を覆っていく。


桐宮の訪問から約一時間後、約束の時間ピッタリに秀清が店を訪れた。

一瞬、桐宮が舞い戻って来たのかと警戒したが、戸口に立つのが秀清だと気付くと向日葵は笑顔で出迎え、すぐにその顔を曇らせた。

「なにか？」

綿のパンツにパーカーというラフな格好の秀清は、向日葵の表情の変化に首を傾げた。

「……庄野院さんは、仕事ですか？」

戸口に立つ秀清の後ろに、樗賢の姿がないのだ。

――庄野院さんに会えると思っていたのに……

「ああ、若でしたら、裏道から庭の方に回りました」

「あ、そうなんですか。おじいちゃん、私、今日の手伝いもう終わるから」

再び顔をほころばせた向日葵は、エプロンを外してレジの脇に置くと、作業スペースにいる勘吉に声をかけた。そしてそのまま秀清を残して奥へと向かう。

今日は樗賢たちが来たら手伝いを終える約束だ。だから後は思う存分、樗賢の手伝いができる。

「おいヒマ。せめて婆さんが戻って来るまでは手伝ってほしいのに……」

「お邪魔しております」

向日葵と入れ違いに顔を出した勘吉に、秀清は軽く会釈《えしゃく》をした。

さっきの怒りが収まっていないらしい勘吉は不機嫌そうに唸《うな》り声を漏らしたけれど、向日葵が振り返ることはなかった。

向日葵は、店舗スペースから作業スペースを抜け、一気に奥まで駆けていくと、そのままの勢いで草履《ぞうり》を突っ掛け庭に出た。

——……いた。

庭に出て周囲を見渡すと、垣根の向こうに樗賢の姿があった。

——麻のシャツにジーンズ。いつものスーツ姿より、こっちの方がいいな。

秀清同様、初めて見る私服姿の樗賢は、普段より若々しい印象を受ける。まだ学生気分の抜けない向日葵には、こっちの方が親しみやすい。

「おはようございます。どうぞ中に入ってください」

向日葵が息を弾ませながら声をかけると、樗賢が「お久しぶり」と笑顔を見せた。ただそれだけのことなのに、心臓も大きく弾む。

「どうぞ。そっちから入ってください」

向日葵は自分の鼓動に気付かれないよう注意しながら、隣家との境界線近くにある植え込みの切れ目を指さした。

「ありがとう。……先に渡してもいいかな？　さっき買ってきたのだが」

向日葵に教えられた方へと足を向けかけた榑賢は、ふとその動きを止め、持っていた小さな箱を向日葵に差し出した。

小さな穴がいくつも開いた箱。それを手にすると、中でなにかがカサコソと蠢《うごめ》く気配がした。

「これは……？」

「ハムスター。よかったら、君にもらってほしくて買ってきたのだが……」

榑賢の言葉を待っていたように、箱の穴から薄い肌色の小さな鼻が突き出された。

蓋《ふた》を少し開けると、黄色がかった薄いクリーム色の毛に、濃い茶色の大きなまだら模様のあるハムスターの姿。

――手土産にハムスター。さすがハムスター王子。

――こうやって、誰かの家にお邪魔する度にハムスターを配っているのかな？

――こんなことをしているから、せっかくハンサムなのに恋人が出来ないんですよ。

独身でハンサム、若くしてショウノ・ホールディングスの専務。それだけの条件を兼ね備えているのに、榑賢に恋人の存在を感じたことはない。研修仲間内での噂話でも、榑賢に特定の恋人はいないと言われている。

身内のコネで入社した子が、「過去に恋人はいたけれど、長続きはしなかったようだ」と話したこともあり、みんなで「我が社の専務はよほど高い理想の持ち主なのだろう」と囁《ささや》き合っていたのだ。

だけど向日葵だけは、それは違うと考えている。

樗賢に恋人がいないのは、きっと彼が、心からハムスターを愛するハムスター王子だからだ。

——でも、庄野院さんがハムスター王子でよかった。

その理由はよくわからないけれど、樗賢が恋人と仲睦まじくしている姿は、あまり見たくないような気がする。

そんなことを考えつつ向日葵が樗賢と箱を見比べていると、蓋の開いた気配に、箱の中のハムスターが上を向いてせわしなく鼻をヒクヒクさせ始める。その動きに合わせて齧歯類《げっしるい》特有の細長い二本歯が揺れた。

「可愛い。プリンみたいな柄」

ハムスターの動きに思わず笑顔で樗賢を見上げると、彼は満足げに目を細めた。

その視線に急に落ち着かなくなった向日葵は、深く考えずに差し出された箱を受け取る。

「飼ってもらえるかな？」

——この子、すごく可愛いけど……

勘吉の許可なく、ハムスターをもらってしまってもいいのだろうか。そう悩んでいると、そんな思いを察したように樗賢が補足する。

「もし無理なら、我が家で飼っているハムスターと一緒に飼うつもりだから、気を使って受け取る必要はないから」

「え？」

「いや。食品を扱う商売をしている家だから、欲しいと思っていても飼えないのではないかと気にはしていたんだ。買ってもらう約束をしていたぐらいだから、大丈夫かな？　とは思っていたのだが」

――約束？　誰と？　なんの？

「あっ！　もしかして……」

樗賢の言葉の意味を考えていた向日葵は、ふとあることに気付いて声をあげた。

「ん？」

「もしかして、ハムスターを持っているから、庄野院さんだけ裏に回ってくれたんですか？」

「ああ、そのことか。お店には煎餅《せんべい》があるのだから、当然の配慮かと……」

何故か落胆した表情で頷く樗賢に、向日葵は「樗賢さんって、いい人ですね」と微笑んだ。

――ハムスター第一主義のハムスター王子。

――ちょっと変わっているけど、庄野院さんっていい人だな。

「私が、いい人？」

「はい。こうやって、自分の考えを押し付けないで私の都合を考えてくれる。すごくいい人ですね。ハムスターは、ちゃんとおじいちゃんの許可をもらって飼います」

この子が可愛いからだけではなく、樗賢が気遣いながらも贈ってくれたハムスターだから飼いたい。そんな思いを込めて、向日葵はハムスターの入っている箱を優しく抱きしめた。

そんな向日葵の姿に、樗賢は苦笑いを浮かべる。

「いい人と言われるのは、ちょっと困るな」

「え？」

「そう言われてしまうと、君の信頼を裏切らないために、いい人でいる努力をしなくてはいけなくなってしまう。……このハムスターには、下心があるんだよ」

からかうような笑みを浮かべる樗賢は、「このハムスターを見て、なにか思い出すことはない？」と問いかけてきた。

「………？」

向日葵がなにも答えられずにいると、樗賢は残念そうに肩をすくめる。

その表情に向日葵は、意味もわからず「ごめんなさい」と謝った。

「謝ることはない。……約束を一つ守れただけでも、嬉しいんだよ」

樗賢は、そう言って先ほどの表情を取り繕《つくろ》うように笑う。

——私……なにかの約束を忘れている？

だけどそれを確認すれば、また樗賢の表情を曇らせてしまいそうで怖い。思わず黙り込む向日葵に、樗賢は「庭に入ってもいいかな？」と声をかけた。

「どうぞ。……そうだ、ハムスターありがとうございます。大事に育てますね」

「……受け取ってくれて、ありがとう」

樗賢はどこか困ったように肩をすくめて、向日葵に教えられた場所から庭に入ってきた。

向日葵の家にハムスターを飼育できるようなカゴがなかったので、とりあえずハムスターは納戸にあった使われていない火鉢に、細かく裂いた新聞紙と一緒に入れておいた。一応、七輪で魚を焼く時に使う網《あみ》で蓋《ふた》をしておいたけれど、火鉢の壁面はツルツルしているので、上まで登ってくる心配はないだろう。

後で一緒にカゴを買いに行く約束をして、さっそく二人で勘吉の家庭菜園用のスペースを耕し始めた。たわいない話をしながら鍬《くわ》を動かし、おおむね土が解《ほぐ》れてきた頃、樗賢が思い出したように呟《つぶや》く。

「あれ？　秀清は？」

「そういえば……」

樗賢とのお喋りが楽しくて忘れていたけど、お店で会ったきり秀清の姿を見ていない。

「この前来た会社の人なら、勘吉さんと一緒に店で遊んでいたから、放っておいてやんな」

不意に聞こえた声に視線を向けると、トオルが庭に入ってくるところだった。

「トオル、どうしたの？」

そのニヤニヤした笑い方から察するに、興味本位で様子を見に来たのだろう。

「ん？　ちょっと店が暇になったから、手伝ってやろうかと思って。この人が……」

鍬を投げ出し駆け寄った向日葵は、トオルがそれ以上言葉を発する前に彼の耳元に顔を寄せ、

「本人を前に〈ハムスター王子〉なんて言わないでよ」

と強い口調で釘を刺した。

「なんで？　本当のことだろ？」

そんな向日葵に、トオルがからかいの視線を向ける。

「確かにハムスターが大好きだけど、その呼び方は内緒。私の会社の上司なんだから」

樗賢に変なあだ名を付けていることがバレるのも恥ずかしいけれど、高校時代の自分のネーミングセンスを笑われるのも恥ずかしい。しかも樗賢は、あの日のことを覚えていないのだし。

「なんだよ。ハムスター王子が来るって、昨日自分からメールしてきたくせに……」

高校時代の出会いについてはトオルにも話したことがないので、あだ名の正しい由来を知っているのは向日葵本人だけだ。

「とにかく絶対、駄目っ！　恥ずかしいから、その言葉は禁止っ！」

向日葵があまりに必死だったせいか、トオルは「メンドクセイなぁ」と言いながらも承諾してくれた。

「その……夏目君の知り合いかな？」

振り向くと、取り残された感のある樗賢が、ぎこちない笑みを浮かべてこちらを見ていた。

どこか不機嫌そうに見えるが、心当たりがない。訝《いぶか》る向日葵の隣で、トオルが威勢よく答える。

「俺、ヒマの幼馴染《おさななじみ》の桜井トオルです」

「ヒマ……。ああ、夏目君に仲のいい幼馴染がいることは、秀清から聞いている。……ただ」

「なにか？」

愛想よく笑うトオルに、樗賢が物言いたげな視線を向ける。

「いや。申し訳ないが、夏目君の幼馴染は女性だと勝手に思い込んでいたので、少し驚いてしまって」

「ああ、そうなんだ。それより、ヒマワリ畑は完成したの？」

樗賢の言葉をさして気にする様子もないトオルが、向日葵に確認する。

「後は肥料とか腐葉土《ふようど》を土に混ぜて、いい感じになったら、苗を植えて終わり」

「ふうん。じゃあ、手伝ってやるよ」

向日葵の簡単な説明に頷くと、トオルは傍らに置いてあった腐葉土の袋を抱き上げた。

「二人だけで、人手は十分足りているが」

「遠慮しなくていいよ。ヒマじゃ大した助けにないから、その分俺がやってやるよ」

「……君が、夏目君の分を？　なんの責任感から？」

トオルが、自分に向けられる険しい視線に気付く様子はない。

「俺、家が八百屋《やおや》で力仕事には慣れてるから。二人はちょっと休んでなよ」

「私もジムで鍛えているから、体力にはそれなりに自信があるが？」

何故かムキになったように言う樗賢の袖を向日葵が引っ張った。

「偉そうな言い方しているけど、トオルは自分が土いじりしたいだけなんです。ちょうどいいから、休憩しましょう。お婆ちゃんがお客さん用に、美味しい桜餅を用意してくれています」

「俺も休憩する」

トオルが桜餅という言葉に反応する。そんな彼を向日葵は「休憩するほど働いてないでしょ。後でちゃんとあげるよ」と窘《たしな》め、お茶の準備をすべく一人で家の中に入っていった。

◇　◇　◇

「本当に、仲がいいね」

そう声をかけると、桜餅食べたさに作業を急ぐトオルが樗賢を見た。

「俺とヒマ？　まあ、兄妹みたいなもんだから」

確かにあの羨《うらや》ましいほどに自然なやり取りは、恋人より兄妹という言葉の方がしっくりとくる。

そう納得すれば、さっきまで感じていた嫉妬心が少しだけ薄れていく。

「そのようだね。よかったよ」

「……なにが？」

言葉の意味を探るトオルに、樗賢は「彼女が一人じゃなくて」と答えて微笑んだ。

自分がトオルほど親しい関係でないのは残念だが、彼女の両親が亡くなった日から今日まで、あの小さな手を包んで安心させてくれる人間がいたのなら、それでいい。向日葵の手を一番に包んであげたいと思うのは、自己満足のための感情でしかないのだからと自分に言い聞かせる。

「大丈夫だよ。俺もいるし、勘吉さんや京子さんもいる。それに商店街のみんなもいる」

樗賢の思いをどこまで理解しているのかはわからないが、トオルはそう言って頷く。そして、

「それに」と、意味深な笑みを浮かべて付け加えた。

「俺の勘《かん》では、ヒマにもうじき恋人が出来る気がする」

「え？　それは？」

「まあ、あえて名前は言わないけど、休みの日にわざわざ理由を作って家まで会いに来るってことは、そういうことだよな？」

「どうだろう？　年齢差を考えると、無理があると思うが」

「本気で好きなら、歳の差なんて気にしなくていいと思うよ。いい人そうだし」

誰にも言ったことのない自分の思いを見透かされて、樗賢ははにかんだ。

「君はなかなか勘が鋭いようだね」

「見ていればわかるよ。初めはハムスター王子に付き合わされて気の毒に思ってたけど、それってヒマに会う口実なんだよな。……店を手伝うのだって、将来のことを考えてのことだ」

「ハムスター王子？」

聞きなれない言葉に樗賢が首を捻《ひね》ると、トオルは「やばい」と自分の口を押さえた。

「なんて言うかとにかく、そこまでするのってヒマのことすごく好きってことだと思うんだ。俺は、二人が上手くいくように応援するぜ」

「ありがとう」

樗賢は、初対面でそこまで人の心を見抜くトオルの洞察力に驚きながら、礼を言った。

「ん？　なにが？　……さて俺も桜餅を食べたいから頑張ろう」

トオルが再び腐葉土《ふようど》を撒《ま》き始めたところで、向日葵が樗賢を呼ぶ声が聞こえた。

樗賢は縁側で向日葵とお茶を飲みながら、トオルの作業を見守った。トオルは、慣れた手つきで鍬《くわ》を動かし、腐葉土と肥料を土に混ぜ合わせていく。

「彼は手際がいいね」

「基本的に好きなんです。ウチのおじいちゃんの庭いじりも、よく手伝っていたし」

「なるほど……？　これは？」

樗賢は、縁側の柱に付けられている無数の傷に目を留めた。

短く横に伸びるいくつかの傷の横には、数字も刻まれている。

「それ、私の誕生日に身長を記録していた跡です。……途中で、自分の成長のなさに嫌気がさして、記録するのをやめちゃったんですけど」

「ああ……」

向日葵が渋い表情をするので、樗賢は曖昧《あいまい》な声で誤魔化した。

そして六歳と書かれた傷を指で撫《な》でて、「お久しぶり」とこっそり囁《ささや》いた。

◇　◇　◇

苗を植え、桜餅を堪能したトオルを見送ると、樗賢が向日葵を買い物に誘った。

「ハムスターのカゴを買うついでに、食事にでも行こうか」

そう言われて時間を確認すると、いつの間にか十一時を過ぎていた。

休日のお昼はいつも京子が用意してくれるのだけど、まだ戻ってきていない。

――お店忙しいのかな？

――まだお昼の用意していないなら、出かけても大丈夫だよね。

「ちょっとメモだけ残してきます」

下手に店に顔を出せば、手伝いを頼まれるかもしれない。普段なら、店が忙しい時は予定を変更してでも手伝うけど、今日だけはそれを避けたい。

向日葵は台所に、『ちょっと庄野院さんと出かけてきます。お昼はいらないです』というメモを残しておいた。

秀清が以前、向日葵を雇ったのは樽賢の気紛《きまぐ》れと言っていた。だとしたらいつまで今の会社にいられるかわからない。

――ごめん。今日は久しぶりに会った庄野院さんと、もう少しだけ一緒にいさせてください。

台所を出た向日葵は、お店に続く廊下に向かって手を合わせて、縁側から樽賢の待つ庭に戻った。

◇◇◇

「あれ？」

庭から道に出て歩いていた樽賢は、後ろに付いてきていた向日葵の驚いたような声に振り向いた。

「どうかしたか？」

「えっと……」

ちょうどコインパーキングに辿り着いたタイミングだったので、彼女に問いかけつつポケットに入れておいた小銭で駐車料金を支払う。そして駐車場の出入り口でキョトンとしている向日葵を手招きして呼び寄せると、車のロックを解除し、助手席のドアを開けて乗るよう促《うなが》す。

「庄野院さん、車の運転できたんですか？」

「もちろん」

車に乗り込んだ向日葵は、「意外でした」と言って目を丸くする。

「そんなに？」

「いつも高梨さんに運転させているから、庄野院さんは、運転免許を持っていないんだと思っていました」

「……なるほど」

——自分で出来ることは自分でするのが当然。……きっと彼女はそう考えているのだろう。

秀清に運転させるのは樗賢に運転免許がないから。車の運転という行為は、〈庄野院樗賢〉が自ら行うような行為ではないという考えには至らない。

——至って単純でシンプルな発想。

——だからこそ愛おしい。

『お前には、庄野院樗賢として課せられた責務がある。だから、誰にでも出来る雑事は周囲に任せておけばいい』

子供の頃からそう教え込まれ、疑問を抱《いだ》いたことすらなかった。だけどそんな樗賢に向日葵は、素直な驚きをみせる。それは彼女の目には自分が〈庄野院樗賢〉ではなく、ただの樗賢として映っている証拠なのだろう。

向日葵がシートベルトを締めるのを確認して助手席のドアを閉めた樗賢は、満足しつつ頷いて運転席に回った。

「君はいつも、私に正しい生き方を教えてくれるね」

車に乗り込みエンジンを掛けながら呟《つぶや》く。

「正しい……生き方ですか？」

「そうだ。自分で出来ることは自分でする。そうやって生きるのが正しいのだろうけど、私の日常は忙しすぎて、それを実践するだけの時間が足りない」

「ああ……」

向日葵は、動き出す車の中で一瞬なにかを考え、納得した様子で頷いた。

世界各国に事業を展開するショウノ・ホールディングスの指揮を執っているのが、樗賢の父親である庄野院樗治。そしてその補佐をしているのが樗賢。向日葵もアルバイトで通っていた頃から樗賢の多忙さは目にしているはずなので、それを思い出したのだろう。

「君の暮らしと比べると恥ずかしい話だが、私は食事の用意も片付けも、部屋の掃除も洗濯も、自分ではしない」

「えっ？　……ゴミ屋敷？」

頬を引きつらせる向日葵の顔に、樰賢は思わず噴き出した。

「なにを想像している？　男の一人暮らしとしては、比較的綺麗な部屋に住んでいると思うが」

「でも……」

疑わしげな視線を寄越す向日葵に、樰賢は「全てを通いの家政婦に任せている」と付け足す。

「家政婦っ！　家政婦を雇っている人に、私、初めて会いました」

「面白いところで驚くな」

樰賢が、目尻に皺《しわ》を寄せて笑う。

「だって、家事なんて誰にでも出来ることだから……」

「いや、そうでもない。家事が苦手な人は結構多い。その証拠に私の母は、きっと目玉焼き一つ作れないと思うぞ」

「庄野院さんは、作れるんですか？」

「……たぶん」

曖昧《あいまい》に頷きつつ、樰賢は小学校の授業で一度だけ作った記憶を掘り起こす。

「じゃあ、お米は炊けますか？」

それなら大丈夫と、大きく頷く。

「もちろん。炊飯器の目盛どおりに水と米を入れて、スイッチを入れればいいんだろう」

「じゃあお鍋を使って、コンロでお米を炊く方法もわかりますか？」

「え？　そんなことが出来るのか？」

ちょうど赤信号に差しかかりブレーキを踏んだ樗賢は、驚きの目で向日葵を見つめる。

「出来るんですよ。火加減に注意が必要ですけど」

「君は、鍋でお米が炊けるのか？」

「一応。昔、家の炊飯器が壊れて、おばあちゃんが買い換える決断をするまで、何日かお鍋でご飯を炊いていたので」

「それはすごい。私の想像を超えた家事スキルだ」

信号の色が変わり、再び車を走らせる樗賢は、心から感動して唸《うな》った。

「私から見れば、家政婦を雇える庄野院さんの方がすごいですよ」

「そうか？　私にとっては、お鍋でご飯を炊ける君の方が尊敬に値《あたい》するが。……なんだったら、私専属の家政婦として雇いたいくらいだ。それも住み込みで」

「……」

どう返せばいいかわからないのだろう、向日葵は黙って少しの間俯《うつむ》いていたが、突然「あっ！」と大きな声をあげた。

「どうした？」

驚いた樗賢が横目で確認すると、向日葵が丸い目を大きく見開いている。

「今足元見て気付いたんですけど、私、庭用のサンダルを履いたままで出てきました」

「ああ……。そんなことか」

「庄野院さんが運転免許を持っているなんて思っていなかったから、近所の歩いていけるお店で食事をするんだと思っていました。よく考えたら、財布もスマホも家に置いてきちゃった」

「それで、なにか困ることでも？」

「だって……。あ、それに服も泥だらけでした。どうしよう、高そうな車に土を落としちゃった」

「車は気にしなくていいのだが……」

色々な場所に視線を向けては騒ぐ向日葵の姿が面白くて、樗賢は笑いを押し殺していた。

本人がいたって真剣に悩んでいる以上、笑うのは失礼だろう。だけど、ふわふわの茶色い髪を揺らして騒ぐ姿は、最近飼い出したハムスターを連想させる。以前秀清が、彼女がハムスターに似ていると評した時には失礼な意見だと思ったが、こうして見ていると、確かに似ているかもしれない。

小さくて落ち着きがなくて、見ている側をそわそわさせる。

「一度、戻ってもらっていいですか？」

「何故？」

「だって着替えたいし、靴も替えたい」

「途中で買えばいい」

「お財布も持ってきてません。ハムスターを育てるのに必要なものも買わなくちゃいけないのに」

「私が支払うから問題ない」

あっさり返す樗賢に、向日葵は首を横に振る。

「庄野院さんに買ってもらうわけにはいきません」

「何故？」

「理由がないからです。それに庄野院さんだって、鞄《かばん》持ってないですよ」

「ズボンのポケットに、免許証とクレジットカードが入っているから問題ない。顔パスで買える店もあるし」

車の速度を上げた樗賢は、「それに」と続ける。

「私が君の服を買う理由は、取りに帰る時間がもったいないから。よく考えたら、私も泥だらけだから着替えたい。私の着替えのついでに、夏目君の服も買った方が、取りに戻るより手間がかからないだろう？」

「でも……」

「たまにしかない休日、時間は有効に使わせてもらいたい。それともせっかくの休日を楽しむ私に運転手をさせてまで、着替えに戻りたいかな？」

本音を言えば、向日葵が強く望むのであれば別に引き返してもいい。しかしそうすることで、店にいる秀清に一緒に行くと言い出されては面倒だ。

――せっかく向日葵を独り占めしているのに。

「……そんなつもりはないです」

「ではこのまま買い物に向かおう」

「じゃあ、後でお金を払います」

そう言いつつも、向日葵が「金額によっては、ちょっと支払いを待ってほしいですけど」と付け足すので、樗賢は笑った。

「お金はいらないよ。今日、ヒマワリを植える手伝いをしてくれたバイト代だと思ってくれればいい。食事やハムスターの飼育に必要な物も同じ理由で私が買う」

「でも……。そんなの、困ります」

本気で困った顔をする向日葵に、樗賢も困った素振りで息を吐く。

「お金のことは気にしなくていい。ショウノ・ホールディングスの専務という役職は、使い切れないほどの富を与えてはくれるが、その金を使う時間は与えてくれない。だからお金を返されても、使い道がないのだよ。むしろ今のこの時間を楽しいものにしてくれれば、それで満足だ」

「庄野院さんは、今、この時間を楽しんでいますか？」

不安げに確認する向日葵に、樗賢は「もちろん」と頷く。

「……わかりました。家に戻るのは諦めます」

一瞬なにか考えたものの、向日葵は頷いた。

「それでいい。だが……」

「……？」

満足げに頷いた樗賢は、信号が赤になったところで車を停めた。

そうして表情を引き締め覗き込むように顔を寄せる。すると向日葵が身を硬くするのが見て取れた。

「これは忠告だが、私以外の男性から洋服をプレゼントされることがあっても、それを受け取ってはいけないよ」

「ど、どうしてですか？」

さらに顔を近づけると、向日葵が怯《おび》えたようにシートベルトを握りしめる。

もう少し近づけば口付けを交わせる距離感。それを楽しむように、樗賢が耳元に顔を寄せて囁《ささや》く。

「男が女性に洋服を贈るのは、その服を脱がせたいと思っているからだよ」

「……」

「いつか私がそうしたいと言ったら、君はどうする？」

「……」

向日葵が息を押し殺しているかのような気配を感じ、その顔を覗き込むと、緊張で震える唇が艶《つや》やかに潤《うる》んでいることに気付く。それを目にした途端、乱暴にその唇を奪いたい衝動に駆られた。

樗賢はそんな欲望を堪《こら》えて、向日葵の鼻を指で押さえる。

「冗談だ」

「冗談……っ！」

本気で動揺する向日葵を笑い飛ばし、樗賢は姿勢を戻した。

――本気だと言って、怯えられては困る。さっきもそうだ……

樗賢は、さっき向日葵に「いい人」と言われたことを思い出して、苦笑いを浮かべた。

そんな風に素直に感謝されると気まずいのだ。自分のことを忘れていてもしょうがないと言いつつ、ハムスターをプレゼントすることで昔のことを思い出させせようとした下心に釘を刺されたような気がしてしまう。

「からかわないでください」

「すまない」

むくれる向日葵に、榑賢は男の下心を隠して笑う。

一方まだ不機嫌な向日葵は、信号の色が変わって車を発進させた榑賢を睨《にら》む。

「やっぱり、後でお金払います」

「それは困るな。……ではこうしよう。私は私のために女性物の服を買う。ハムスターのカゴなどもしかり」

「え？」

「そしてそれを、夏目君に貸すことにしよう。私のために買う服だから私のものだが、私には必要のないものだ。だから夏目君は、好きなだけ借りていてくれたまえ」

「それって……結局は買ってもらうってことじゃないですか」

「貸すだけだよ」

ニンマリと笑う榑賢に、向日葵が唇を尖《とが》らせる。

「その笑い方、ウチのおばあちゃんに似ています」

「それは、褒め言葉と受け取っていいのかな？」

「違うけど……その笑い方する人には、勝てない気がします」

向日葵の言葉に、榑賢は思わず目を細める。

すると榑賢の提案をそのまま受け入れるのが悔しいのか、向日葵はこう付け足した。

「庄野院さんが買った服をお借りします。でも私が服を返した時には、ちゃんとご自分で着てくださいね」

「では……半永久的に借りてもらわないと困るな」

樗賢は、わざと大きく肩をすくめた。そしてすぐにクスクスと笑い出す。

そんな樗賢につられたのか、向日葵も一緒に笑った。

◇◇◇

――モモちゃん。

鏡を見つめる向日葵は、子供の頃に大事にしていた着せ替え人形の名前を呟《つぶや》く。人形のモモちゃんの洋服を次々に着替えさせ、一人でファッションショーをするのは楽しかった。だけど……

「このワンピースも、お似合いですね」

「……」

鏡越しに微笑みかけてくる店員に、向日葵は曖昧《あいまい》な笑みを返した。

「いかがでしょうか？」

向日葵から視線を外した店員は後ろを振り返り、とっくに自分の服を購入し着替えを済ませた樗賢を確認した。

「彼女が気に入ったものでいいよ」

どうします？　とばかりに店員が目で問いかけてくる。

「えっと……」

向日葵は、自分の前に並べられている洋服に視線を巡らせた。

この日生まれて初めてセレクトショップに連れてこられた向日葵は、「彼女に似合う服を選んでほしい」と言う樗賢によって店員に預けられた。それから小一時間ほど、着せ替え人形よろしく、次から次へと服を着替えさせられている。

――着せ替え人形って、こんな気分だったのかな？

可愛い服を色々着られるのは嬉しいけど、目まぐるしく着替えを求められるので、自分の考えをまとめる暇がない。

「どれが似合うと思いますか？」

樗賢に助言を求めてみたけど、「全部」と参考にならない答えを返されてしまった。

では、実質的に樗賢に買わせるものだから一番安いものを……と思っても、洋服には値札が付いていない。

「………じゃあ、これで」

なにを選ぶのが正解かわからないのだから、せめて着替える時間を省こう。そう結論付けた向日葵に店員は頷くと、今度はそのワンピースに似合う靴や髪留めを選ぶ。

その間向日葵は、改めて店内を見回してみる。

一番上はエステとネイルサロンになっているという三階建ての店には、有名無名、国内外を問わず、オーナーのセンスで選び抜いた商品を揃えているという。なるほど店内には、センスのいい品々が並べられている。

「少しだけお待ちください」

必要なものを選んだ店員が、向日葵と櫂賢の間をカーテンで遮《さえぎ》る。

「少しだけ、いいですか？」

向日葵を鏡の前に座らせた店員が、髪にブラシを当ててきた。

「デートですか？」

「えっ！」

かすかに目を伏せていた向日葵は、驚いたように鏡を見た。店員は答えを待たずに、「羨《うらや》ましいです」と微笑む。

「いえ。ご飯食べて、買い物に行くだけです……」

そう答えてから、確かにこれはデートになるのかもしれないと気付いた。

――庄野院さんからすれば、ただのお買い物なんだろうけど……

――私、庄野院さんを好きなのかな？

忙しい櫂賢をこれ以上困らせてはいけないし、変にこだわりすぎて、気まずい空気にもしたくない。

そんなことを思って、つい彼のペースに合わせてしまう自分がいる。

少しでも一緒にいたいし、嫌われたくない。出来れば可愛いと思ってほしい。

そう思うのは自分が櫂賢に好意を抱《いだ》いているからなんだろうけど、恋愛経験のない向日葵には、この感情を〈愛情〉と断言するだけの知識が足りない。

――もしそうだとしても、大人でお金持ちの庄野院さんが、私を恋愛対象として見るわけない。

つまりこのフワフワした気持ちを〈愛情〉と認めると同時に、自分は失恋することが決定している。そのくらいなら、深く考えずにハムスター王子の休日を一緒に楽しみたい。

「出来ました……」

店員がカーテンを開けると、櫂賢が満足げに頷く。

「可愛くて、よく似合っているよ」

「……」

大人の櫂賢が社交辞令として言っている。頭ではわかっているのに、そんな風に微笑まれてしまうと、暖かな感情が胸に詰まって言葉が出てこない。

「では、行くとしよう」

櫂賢に促《うなが》された向日葵は頬を赤く染めて俯《うつむ》き、一緒に店を出た。


「お金、払わなくていいんですか？」

店の外に出たところで、見送る店員に聞こえないよう小声で櫂賢に問いかけた。

「君は、相変わらず面白い」

クスクス笑う櫂賢は、「月末に締めて、まとめて請求してもらうようにしている」と説明した。

「あのお店、値札がなかったから、いくら請求されるかわかりませんよ」

騙《だま》されたりしないのだろうかと心配になってしまうが、樗賢はそんな心配は必要ないと笑う。

「商品に値札がないのは、オーナーが商品の仕入れ値に適正な経費を上乗せして請求してくることを知っているからだよ」

「でも……」

「それに、一度や二度、高額な請求をして終わらせられるような、安い客になった覚えはない」

そう胸を張る樗賢に、向日葵は住んでいる世界が違うと苦笑いを返した。

◇◇◇

二人だけの食事と買い物を楽しんだ樗賢が、向日葵を夏目煎餅に送り届けたのは、夕方近くになってからのことだった。

店の方から入ると、向日葵が可愛くなって帰って来たと騒ぐ勘吉の隣で、夏目煎餅のエプロンを着けた秀清がぐったりとしていた。

「秀清、もしかして怒っているのか?」

駐車場へと歩く道すがら、樗賢は一歩下がって歩く秀清を振り返った。

「まさか。僕が若に怒るわけがないじゃないですか」

さらりと答える秀清だが、その微笑みがぎこちない。

「お前も一緒に買い物に行きたかったのか？　なら置いて行って悪かったな」

向日葵と二人きりになりたくて、つい秀清をないがしろにしてしまった。樗賢が反省していると、秀清が「違います」と慌てた。

「別に買い物に行きたかったわけではありません。若が、今日の休日を有意義に過ごされたのであれば、文句はありません。ただ……」

「ただ？」

「ただ、あの老夫婦に、いいようにこき使われたのが癪《しゃく》に障《さわ》るんです」

「老夫婦？　彼女の祖父母のことか？」

秀清は頷き、愚痴《ぐち》をこぼし始めた。ここに来た時に向日葵を追いかけて自分も奥に行こうとしたところを、酷《ひど》く不機嫌な勘吉に掴まり、京子が戻るまでの間、強引に店の手伝いをさせられたらしい。しかも勘吉が事ある事に「さっきの若造の分も、根性を叩き直してやる！」と言って何やかやと怒鳴ってくるのだから、他の誰かへの腹いせに使われていることは明らかだった。

その上すぐに戻ってくるはずの京子は、結局、樗賢たちとさほど変わらない時間まで戻ってこなかったのだ。

そうして「一度店を覗いたんだけど、店じゃ秘書君と爺さんが楽しそうに商売しているし、庭に回れば向日葵が専務さんと楽しそうに庭いじりしているし、私の居場所がない気がしたんだよ」とのたまい、わざとらしくのけ者にされた体《てい》を装っていた。

しかもしれっと「あんまり寂しいから浅草まで行って、ショックで鰻《うなぎ》なんか食べちまったよ。で、戻っても居場所がないだろうから、寄席《よせ》で落語を聞いて時間を潰《つぶ》してたんだよ」と、しっかり遊んできたことを報告したものだから、秀清としてはなお腹立たしかったらしい。

「あの夫婦は、僕のことを、便利なお手伝いさんと勘違いしているんじゃないですか？　どうして僕が煎餅屋《せんべいや》の店番なんてしなくちゃいけないんですか」

憤慨《ふんがい》する秀清は、帰り際見送ってくれた京子の、「またいつでも遊びにおいで」という言葉と笑顔の裏を察しているらしい。

「それはご苦労。ではお詫《わ》びに今日は私が運転するから、お前は後部座席で休むといい」

ちょうど駐車場に辿り着いたので、樗賢は運転席側に立ち、車のドアロックを解除した。

「じょっ、冗談じゃありません」

秀清は、慌てて運転席のドアを押さえた。

「何故？　私のとばっちりで疲れているのだろう？　ならば、私に運転を任せて休むといい」

秀清は、激しく首を横に振った。

「若に運転させて、休むなんてあり得ません」

「気にするな。それに今日彼女に、自分で出来ることは自分でやるべきだと教えられた。確かに一理ある。だから疲れている秀清が、無理して運転する必要はないぞ」

「駄目です。若がどうしてもご自身で運転したいと言うのでしたら、僕は電車で戻ります」

必死にそう訴えてはいるが、自分が運転するからお前は後部座席に乗れと命令すれば、秀清はしぶしぶ従うのだろう。それでは労をねぎらうことにならない。

樗賢は肩をすくめ、やむなく運転席のドアから手を離した。

「ありがとうございます」

ホッと息を吐く秀清は、素早く後部座席のドアを開けた。

樗賢が乗り込むと、秀清は一礼してドアを閉め、晴々とした表情で運転席に乗り込む。

――私に運転されるのは、そんなに気を使うものか？

自分がよかれと思って行動しても、それがかえって相手に気を使わせる。そういった状況が窮屈で、つい感情を抑えてしまうのだ。

そう考えると、今日の自分は、いつになく強気な態度で向日葵を連れ回していた。

「それより、彼女とのデートはいかがでしたか？」

「別にデートというわけでは………」

二人で買い物をして食事をしただけ。……よく考えれば、デートと呼んで差し支えないのかもしれない。

――彼女は、今日の買い物をどういう意味に受け取っているのだろうか？

「どうせ労をねぎってくださるのなら、そのデートの内容を聞かせていただきたいですね……」

樗賢は、バックミラー越しに興味津々《きょうみしんしん》な視線を送ってくる秀清に軽く咳払いをした。

隙を見せればすぐこれだ。下手に冷やかされないよう話題を変えてしまおう。

「そういえば、彼女の幼馴染《おさななじみ》が男性だということは、意識的に隠していたのか？」

「その……別にそういうわけではないのですが、いらぬ心配をおかけしてもいけないと」

「心配？　どんな心配だ？　私が、大人げなく嫉妬でもすると？」

確かに一瞬、向日葵と自然な態度で話すトオルの姿に胸がざわついたが、トオルは自分と向日葵の関係を応援してくれると言っていた。

「いえ。その……若の周囲にはいないタイプですので、どう表現すればいいかわからず」

「彼は勘《かん》が鋭く、なかなかの好青年じゃないか」

「勘が鋭い？　好青年？　……まあ、若がご不快でなければよかったです」

何やらピンと来ていない様子の秀清だったが、とりあえず納得することにしたらしい。

車がゴミ捨て場の脇を通り抜けると、秀清は思い出したように口を開いた。

「そういえば、店を手伝っている時に耳にしたのですが……最近、この辺のゴミ捨て場のゴミが燃える不審火が起きたそうです」

「それは心配だな」

「二流ゼネコン会社が、用地買収目的に、人を使って嫌がらせをしているという噂もありまして」

眉をひそめた樗賢は、秀清の報告にさらに表情を曇らせた。

「どこの会社だ？」

「噂話なので、具体的な社名までは……」

樗賢は視線を落とし、どこか遠くを見つめながら顎《あご》に拳を当てた。

「そうか。……今日店を手伝っていて、他になにか気になる情報はあったか？」

「そうですね。……あ、そうだ。草加煎餅《そうかせんべい》が、薄く伸ばしたお餅《もち》を焼いて作るものだということはご存知でしたか？」

「ん？」

「なんとなくそんな気はしていたんですが、今日確信しました。それと、お煎餅を焼く時に生地が膨らみすぎないように押さえる道具は、『押し瓦《がわら》』という名称で、普通にネットでも買えるそうです。それを使って押さえつけないと、お煎餅は面白いぐらいに膨らんでしまうんですよ」

「……そうか」

——意外に、楽しかったのか？

煎餅に関する情報を披露する秀清に、槢賢は小さく笑った。

◇　◇　◇

「なんだこれ？」

風呂上がりの勘吉が、居間で向日葵と京子が眺めていたカゴに近づくと、中に入っていた小さな巣からハムスターが顔を出した。

「ハムスター」

「見ればわかるだろ」

冷ややかな京子の視線に、勘吉は咳払いをした。

ハムスターは、藁《わら》の海をかき分けるようにして、水飲み場へと進んでいく。途中一度立ち止まり、右前脚と左後ろ脚をめいっぱい伸ばしてあくびをする。そしてその拍子にたるんだ頬の皮を戻すように、小さな両手で顔を一生懸命に撫《な》でた。

「あくびすると、面白いくらい口が開くな」

勘吉が感心した様子で軽くカゴを叩くと、ハムスターは黒く丸い瞳をぱちぱちさせて不思議そうに周囲を見渡した。

「庄野院さんからもらったの。飼っていい？」

「飼っていいって……」

もちろん店に連れて行く気はないが、それでも食品を扱う商売をしているので、勘吉が駄目だと言えば無理に飼うわけにはいかない。

「私の部屋で飼うし、清潔にするように気を付ける。もちろんちゃんと世話もする。だからお願い」

向日葵が懇願《こんがん》するような視線を向けると、勘吉は頬を掻きながら天井を見上げた。そしてほんの少し間を置いて答える。

「お前がいいなら、好きにしろ。どうせどんだけ注意したって、飼ってもいないネズミが忍び込むこともあるんだ。そんなら檻《おり》に入っているネズミの方が安心ってもんだ」

「ありがとう」

「ああ。さて、風呂上りの一杯」

顔をほころばせる向日葵に、勘吉は一度頷いてみせてから台所に向かう。

その背中を見送った向日葵は、ハムスターのカゴを抱えて二階の自分の部屋に向かった。

ハムスターが環境に慣れるまでは、夜は暗く静かな場所で休ませてあげるように。そう飼育本に書いてあったので、部屋の照明を消し、小学校の頃から使っている勉強机のライトだけを点《つ》けた。

そうして机の抽斗《ひきだし》から、初めてもらったアルバイト代で買った名刺ホルダーを取り出す。

以前樗賢からもらった名刺は、『ハムスター王子』と書いた付箋《ふせん》を貼ってここに保管している。

——忙しい庄野院さんに、メールとかしたら迷惑だよね。

名刺の裏には、樗賢の電話番号とアドレスが書かれている。だけど無闇《むやみ》に連絡するのも迷惑かと思い、メールも電話もしたことはない。

——ハムスターのことを報告する程度になら、メールしてもいいかな？

一瞬そう思ったけど、樗賢の忙しさを思うとやっぱり踏ん切りがつかない。

初めてのメールを諦めた向日葵は、付箋に『いい人』とだけ書き加えると、名刺を元の場所に戻した。

7　守りたいもの

　五月、ゴールデンウィーク明けの初日。新人研修を終えた向日葵は、弾む思いで秀清のいる秘書室をノックした。今日からまた、檑賢の側で働けるのだ。

「どうぞ……」

「お久しぶりです。今日からまたお願いします」

　ドアを開け、元気よく挨拶した向日葵は、目の前の光景にパチパチと瞬《まばた》きをした。

　一方そんな向日葵を出迎えた秀清は、その姿を上から下まで眺めると、指で額を押さえ、「やっぱり」とため息を吐《つ》いた。

「あの……これは？　というか……この人たちは？」

　――ここはいつから洋服屋さんになったの？

　学生時代にアルバイトとして通っていた秀清のオフィスは、多少の調度品はあったが、どちらかといえばシンプルな部屋だった。なのに今日は、様子が違っている。

　床にはいくつものパンプスや、女性物スーツがいっぱい掛かった可動式ハンガーラック三つ。応接用のテーブルの上には化粧品やその他、鞄《かばん》や時計といった品もひしめくように置かれていて、まるで小さなセレクトショップのようだ。

そしてソファーには、中年の男性一人と秀清、そして彼の同年代らしき女性が二人、座っていた。

「デパートの外商、スタイリスト、メイクアップアーティスト……貴女《あなた》のために来てもらいました」

秀清は、そこにいる三人をそれぞれ紹介する。

「私のため？　どういう意味ですか？」

「貴女の見た目を、どうにかしてもらうためです」

ニンマリとした笑みを浮かべた秀清は、向日葵の全身に改めて視線を走らせた。

新入社員として無難な紺《こん》のレディーススーツに、黒のローヒールのパンプス。メイクだってちゃんとしているのに、そんな説明で納得できるわけがない。

「意味がわかりません」

「若より、今日の午後の会議に、勉強もかねて貴女を同行させるように言われました。今日の会議は月に一度の定例会で、比較的気楽なものですが、それでも海外出張中の社長以外、重役クラスの社員が軒並《のきな》み顔を揃えます」

「えっ……。そんな会議に、私が出席していいんですか？」

「ハッキリ言えば迷惑です。けれど若がそう決断したのですから、僕はそれに従います。まあ気休めのお守りみたいなものですかね」

「はい？」

――気休めのお守り？

——今日のラッキーアイテムがヒマワリの花で、花の代わりに私を連れて行きたいのかな？

秀清は、訝《いぶか》しげに眉を寄せる向日葵を見て、またため息を吐《つ》いた。

「しかし同行を命じられても、貴女《あなた》のことだから、今日も安物の吊るしのスーツに、ファンデーションをべったり塗っただけの適当なメイクで出社してくるだろうと予測しました。だからこの人たちを呼んでおいたのです」

秀清はそう説明したが、やっぱり意味が分からない。ただ、なんとなくバカにされているような気はする。ムッと眉を寄せる向日葵に、秀清は続ける。

「重役が軒並み出揃う会議に出席するなら、それ相応の身だしなみが必要だってことです」

「……でもちゃんと、研修で習ったメイクと服装を実践しています」

まだ納得できない様子の向日葵を、秀清は鼻で笑ってみせる。

「新人研修は、いわば社会人入門講座。それを受けただけで社会人としての水準を満たしたと思われては迷惑です。中身が伴わないことはこの際目を瞑《つむ》りますから、若に恥をかかせないためにも、まずは見た目だけでもどうにかしてもらいます」

確かに受付のお姉さんたちは、お人形のような容貌をしていた。もちろん元々の素材もいいんだろうけど、ある程度は化粧の力も借りていることは察しがつく。綺麗にすることも仕事の内と言われてしまえば、返す言葉がない。

室内にひしめく品々にチラリと視線を走らせた向日葵は、弱気な表情で秀清を見上げた。

「……せめて、お給料がもう少し貯まってからじゃ、駄目ですか？」

「経費で落としますので、お金の心配は必要ありません」

「……わかりました。勉強します」

「じゃあ午前中は、基本的なメイクと服の着こなし方を勉強してください。それが貴女の今日の仕事です」

「はい……」

「あと今日は金曜日ですから、買ったものは今すぐ使うもの以外自宅の方に送らせておきますので、土日で復習をして、月曜日からはまともな身だしなみで出社してくださいね」

「ええ〜」

土日はお店の手伝いもあるのに。

「今後、僕の補佐として若に同行する以上、常に人に見られることを前提とした身だしなみを保ってもらいます」

にっこり微笑んで「仕事です」と、言われてしまえばやはり返す言葉がない。

向日葵がしぶしぶ承知すると、秀清は満足げに頷いた。

「それと、今後仕事中は、若のことを『専務』と呼んでください」

そう言うと秀清は、後のことはソファーに座る三人に任せ、自席のパソコンを操作し始めた。

結局、秀清が呼び寄せていた三人が帰ったのは、正午を過ぎてからだった。

スーツの選び方や着こなし術、メイク方法のレクチャーを受けた向日葵は、三人を見送ると、すぐに秘書室の姿見を覗き込んで色々な表情を作ってみた。

「……不思議」

「なにがですか？」

「私の顔なのに、私じゃない。……なるほど、あの人たちはこうやっていたんだ」

「誰の話ですか？」

不思議がる秀清の問いを無視して、向日葵は自分の顔の観察を続けた。

プロに化粧の仕方を教わって、初めて立体感のあるメイクというのを理解した。今まで雑誌でその言葉を目にしたことはあったけど、プロに指導してもらいながら実践すると、全然違う。ファンデーションやチークを上手に使って顔に陰影を作ると、太いアイラインやつけまつ毛で目元を強調しなくても、ハッキリした顔立ちになる。しかもそれでいて派手な印象はない。スーツも細部にこだわった仕立てのおかげで、サイズを下げたわけではないのに、スリムなボディーラインを演出してくれる。

そんな風に少しの手間で変貌した自分の姿を楽しんでいると、鏡越しに自分を見る秀清と目が合った。

「まあ、連れて歩くのに、ぼちぼち恥ずかしくない仕上がりですかね」

「それって、高梨さん的に、可愛くなったって褒めているんですか？」

「まさか。せいぜい及第点ってとこですし」

その程度で褒めるわけがないでしょう。皮肉屋の笑みがそう語っている。

「もう。褒められて伸びるタイプなのに」

「では、よほど褒められることなく育ったのですね。可哀想に」

大げさに肩をすくめた秀清は、「身長にしろ、成績にしろ、それはお気の毒な結果です」と意地悪く笑った。

「……ムカつくんですけど」

「正直な感想を述べたまでです。……さて、では若を迎えに行きましょう」

秀清は時計を確かめて立ち上がり、側に掛けてあったスーツのジャケットを羽織った。

「えっ！　もう行くんですか？　私、お昼まだ食べてないんですけど」

向日葵がレクチャーを受けている間、秀清はパンを齧《かじ》っていたけど、向日葵にはその暇さえなかった。

「そうでしたっけ……」

向日葵の昼食を完全に失念していたらしい秀清は、しばらく考えて「そのぐらいの方が、眠くならなくていいですよ」と微笑んだ。

「そんな……」

「とにかく、若を待たせるわけにはいきませんから」

そう促《うなが》されてしまうと、抗議も出来ない。

仕方なく後に続く向日葵に、クルリと振り向いた秀清が、スーツのポケットから取り出したものを差し出した。

「……？」

条件反射のように手を出すと、秀清は拳を開く。

ぽとりと、なにかが掌《てのひら》に載る感覚がしたので確認すると、それは苺《いちご》ミルクの飴だった。

「喉が痛い時用に買っておいた奴です。少しは空腹が紛《まぎ》れますよ」

——喉が痛いならのど飴にすればいいのに、普通の苺ミルクの飴。

向きを直して歩き出す秀清の背中を追いかけながら、向日葵は皮肉屋で本音の見えない秀清の可愛い一面を見た気がした。


「久しぶりだね」

専務室に入ると、出迎えてくれた樗賢は、向日葵の全身に視線を走らせて小さく息を呑んだ。そして照れたように肩をすくめる。

「夏目君、なんだか可愛くなった……というより、大人っぽくなったと言うべきかな。スーツもよく似合っているよ」

——大人っぽく……

その言葉を聞いた途端、心が弾み始め、今日の午前中の苦労が報われた気がした。

年上で自分よりずっと大人である樗賢の目に、自分が今までより可愛く大人っぽく映るのなら、これからも身だしなみを頑張りたい。

「ありがとうございます」

「これからもよろしく。わからないことは、私か秀清に聞いてくれればいいから」

「若、お時間ですので」

秀清に急《せ》かされると、樗賢は髪を掻き上げて表情を引き締めた。

——表情が、変わった……

今の樗賢は、いつもの穏やかな彼とは別人のように見える。形のいい切れ長の目は、獲物を見つけた獣《けもの》のように輝いていた。

「行くぞ」

「はい」

一礼した秀清も口角を上げた。その目は、樗賢同様に獲物を狙う獣のようだ。

「夏目君は、我が社の仕事内容を把握しているかな？」

「はい。石油、天然ガスの開発と生産販売事業、それに関連する技術サービス」

新人研修で習った言葉をそらんじる向日葵に、樗賢は「それだけじゃない」と付け足す。

「それだけでは、エネルギー源の乏《とぼ》しいこの国の企業として、世界で生き残れない。現在は、風力や水力といった従来型のクリーンエネルギー開発に止《とど》まらず、太陽光やマグネシウムのエネルギー化の技術開発にも力を入れている」

「……」

「世界中が、我が社の技術力に注目している。こんな極東の小さな箱の中に、世界を動かす鍵が入っている。面白いと思わないか？」

樗賢の言う『小さな箱』とは、この大きな会社のことだろうか？

そんなことを考えていると、樗賢はスーツの裾を翻《ひるがえ》し、向日葵に視線を向けて手を差し伸べた。

「おいで。私のいる世界を見せてあげる」

不遜《ふそん》で迷いのない樗賢の目に引き寄せられるように、向日葵はその手を握った。

――大きな手。

その掌《てのひら》の感触に、向日葵の胸が跳ねた。はっとして手を離そうとしたけど、樗賢がその手を強く握って歩き出す。

「若っ！」

樗賢は、秀清の驚く声を気にする様子もなく、大股《おおまた》に専務室を出て行く。

向日葵も引っ張られるようにして歩き出すと、秀清は諦めたらしくそのまま後に続いた。

手を繋ぎながらエレベーターに乗り込んだ樗賢は、ある階でドアが開くと同時に手を離し、会議室へと向かった。

会議室には、互いの顔が見られるよう楕円形《だえんけい》に組まれた円卓のテーブルが設置されていて、女性を含む三十人前後の人たちが席に着いていた。いずれも樗賢より年上で、中には勘吉より年上かと思われる風貌の人もいる。

樗賢が部屋に入ると、全員一斉に立ち上がり、樗賢に向かってお辞儀をした。

「待たせた」

詫《わ》びるでもなく儀礼的に声をかけた樗賢は、そのまま会議室の奥へと向かう。

秀清が皆に目礼《もくれい》して後に続くので、向日葵も大きくお辞儀をしてその背中を追いかけた。そんな向日葵の姿に、誰もが怪訝《けげん》な視線を向けてくる。その居心地の悪さに思わず背中を丸めてしまう。

「今回の会議、社長が不在の件、私が代わって謝罪しておく」

窓際の一つだけ空いていた席に腰を下ろした樗賢が視線で促《うなが》すと、全員が同じタイミングで一礼して着席した。

『謝罪』という言葉こそ口にしているが、その声音は本気で謝る必要などないと語っている。そして周囲の大人たちも、樗賢に本当の意味での謝罪など求めていない。

樗賢の背後にある窓からは、東京のオフィス街が一望できる。

そんな景色を背にする樗賢の姿は、東京全体を背負っているかのようだ。

樗賢の斜め後ろに用意されていた二脚の椅子の一つに秀清が腰を下ろす。向日葵もそれに倣《なら》って隣に腰を下ろした。椅子の上にはクリップボードが置かれていたので、座るついでにそれを膝に載せると、そこには『社外秘』と朱印が押された資料が留められていた。

「さて、では定例会を始めようか。まずは各部門の先々月の収支から……」

その言葉を合図に、皆が一斉に資料の一ページ目を捲《めく》る。

向日葵も真似て一枚捲ると、いくつもの事業部の名前と先々月、先月、今月の項目に売上、純利益、利幅、目標値などといった言葉と桁外《けたはず》れな数字が並んでいる。

――この数字、売上ってことは、もらったお金の額なんだよね……

「では、月例報告から始めさせていただきます」

乾いた紙の捲《めく》れる音が静まると、進行役と思われる男性が声をあげた。

そして各事業部の責任者が順に報告していく。時折樗賢が質問をすると、質問を投げかけられた者たちは、緊張した様子で答えていった。

自分よりはるかに年上の人たちに臆《おく》することなく言葉を投げかけ、返される言葉の裏を探り、必要ならさらなる質問を投げかけていく樗賢。

その瞳や声は、理屈抜きに相手を屈服させる力を秘めている。

——知らない人みたい。

さっき樗賢は、世界を動かす鍵がこの箱の中にあると言っていたが、その鍵とは会社ではなく、樗賢自身のことなのかもしれない。

ハムスター好きのハムスター王子どころか、本物の王様のように不遜《ふそん》な態度で話す樗賢の姿に戸惑いながらも、向日葵は手元の資料に視線を落とした。

そしてそこに並ぶ見慣れない単語と信じられない金額にまた戸惑っていると、樗賢が秀清を呼んだ。名前を呼ばれた秀清は「補足します」と言って、樗賢の質問の意味を理解し切れていない様子の社員に補足説明をする。

——庄野院さんを補佐するために、後ろに控えているんだ。

自分たちの席が意味するところを理解した向日葵は、周囲がページを捲る音に合わせて自分もページを捲り、今、資料のどこの箇所が議案になっているのか必死に探った。

――なんで英単語がこんなに多いの？　カタカナで書いてよ……

円卓と資料を見比べながら、こんなどこを読んでいるのかもわからない状態で質問されたらどうしようかと目を白黒させていると、補足を終えて椅子に座った秀清が向日葵を見た。

「どうしました？」

「どうしよう。……私、どこを話しているのかもわかんなくて、質問されても高梨さんみたいにちゃんと答えられません」

向日葵が泣きそうな顔で訴えると、秀清は「なんだ。そんなことですか」と息を吐いた。

「心配しなくて大丈夫です。若が貴女《あなた》を頼ることはありませんから、無理して資料を読まなくてもいいですよ」

会議の進行を邪魔しないよう秀清が小声で囁《ささや》いた。

「それは、どういう意味ですか？」

秀清に合わせて、向日葵も声を潜めて聞き返す。

「人にはそれぞれ求められる役割があります。若の補佐は、僕の役割です。貴女の役割は、そこで大人しく座っていることです。出来れば、知的なフリはしててほしいですけど」

「それって……」

私がここにいる意味はあるんですか？　そう問いかけるより早く、樗賢が秀清の名前を呼んだ。

「その件に関しては、私の方から説明させていただきますが……」

秀清は立ち上がり、樗賢の意図を読み取って説明する。

向日葵はその姿に疎外感を覚えながら、それでも必死に資料に視線を走らせた。

◇　◇　◇

向日葵が定時で帰ると、樗賢は秀清を専務室に呼んだ。

「彼女は、さっき私が手を繋いだことを怒っていたのだろうか？」

「はい？」

秀清はまた向日葵の話かと呆れつつ、「大丈夫だと思いますよ」と答えた。

「ただ、先ほどは驚きました」

長い付き合いだが、樗賢が自分から女性と手を繋いで歩く姿など初めて見た。しかも公私混同を嫌っているにもかかわらず、会社内で手を繋いだのだ。

「反省している。会議を目前にしてテンションが上がっていたらしい。それに久しぶりに会った彼女が、急に大人びて綺麗になったせいか、つい自分を見失っていた」

「まあ、いいのでは？　相手が不快に思っていなければ、セクハラにも当たらないし」

「セク……」

樗賢の狼狽《ろうばい》ぶりに、秀清は「冗談ですよ」と笑う。

「しかし会議が終わった後、彼女の様子がおかしかったように思えたのだが」

「ああ……」

悩ましげに息を吐く樗賢に、秀清は唸《うな》った。

「なにか思い当たることでも？」

「まあ。……先に一つ確認させていただきたいのですが、彼女を今日の会議に同行させたのは、ゆくゆくは色々な公《おおやけ》の場にも彼女を連れて歩きたいというお気持ちがおありだからでしょうか？」

「もちろん」

やっと部下として迎え入れることが出来たのだ。秘書の秀清をいつも同行させているように、秀清の補佐である向日葵も、今後は自分に同行させたいと思っている。

「それは、我が社の社員として？」

「ああ」

今日の変貌ぶりは、高校生から大学生へと成長した時とは比べ物にならないほどで、戸惑いさえ覚えた。

日々大人の女性に成長していく彼女を恋人として見守れないのであれば、せめて自分の部下として側に置いておきたい。

「失礼ながら、僕の補佐役として彼女を同行させるのは、酷《こく》な仕打ちかもしれません」

「どういう意味だ？」

「内容が理解できない会議に出席しても退屈でしょうし、自分に質問が投げかけられたらどうしようかと目を白黒させていました。まさに怯《おび》えるハムスターって感じで……少々、哀れにも思えました。英語もろくに話せない彼女を公の席に同行させれば、また同じような状況に……」

「……」

毒舌家《どくぜつか》の秀清が『哀れ』などといった言葉で擁護するということは、嫌味や悪意で言っているわけではないのだろう。

「彼女が与えられた仕事をきちんとこなす真面目な性格だというのは、アルバイト時代を通して承知しています。若が彼女に特別な感情を抱《いだ》き、側に置いておきたいと思われるのでしたら、見習い兼補佐役としてお預かりします。ですが彼女の力量を考えれば、公《おおやけ》の場に連れ歩くのではなく、アルバイト時代同様に社内における雑用をさせてあげたほうがよいかと」

「それは……」

――せっかく一緒にいられる時間が増えると思っていたのに。

「もし若の恋人として同行させるのであれば、周囲の対応も違ってくるので、話が変わると思いますが」

「前にも言ったと思うが、私と彼女がいくつ離れていると思っている」

「前にもお答えしましたが、六歳です。出会った頃ならともかく、互いが成人している今、恋愛も許容範囲。彼女も、若に少なからず好意を持っているように見受けられますし、僕も反対はしません。……もちろん、あくまでも〈恋愛対象〉としてですが」

恋愛と結婚は別。暗にそう強調する秀清に、樗賢は息を吐いた。

「好意などと、なにを根拠に……」

「人間観察が趣味の僕の勘《かん》です。それに相手が若であれば、多少の年齢差など気にする女性はいないと思いますよ」

「バカバカしい」

そんな口車に乗って告白して、向日葵に恋愛対象外だと通告されたらたまったものじゃない。それに「相手が若であれば……」という言葉は、ショウノ・ホールディングス専務である〈庄野院樗賢〉という立場も含めてのことだろう。

確かに、自分のそういった部分に惹《ひ》かれる女性には少なからず出会ってきた。だが向日葵の目には、最初からただの樗賢として映っているのだから、そんなものはなんの役にも立たない。ずっと〈庄野院家の人間〉という色眼鏡なしに評価されたいと願っていたはずなのに、いざ向日葵への思いが深まれば、その色眼鏡なしに評価されることが怖くなる。

年齢やら己《おのれ》の貪欲さやらで言い訳ばかりしているが、要は、正直な思いを伝えて断られるのが怖いのだ。今の距離さえ失うくらいなら、現状維持で満足だ。だが……

「彼女を会議や公の場に同伴させるのは、彼女を困らせることになると思うか？」

「どうでしょう？　どちらにせよ、全てを決めるのは若です。僕は、若の決断に従います」

「……」

それ以上の発言は無用と、樗賢が不機嫌そうに双眸《そうぼう》を細めながら軽く手を上げると、秀清は一礼をして隣の秘書室へと下がった。

◇　◇　◇

向日葵が家に帰ると、秀清の言葉どおり、スーツや化粧品が山のように家に届けられていた。

「なんか気に入らないことでもあったのかい？　そんな不景気な顔をして。タダでもらえて儲《もう》けたんだろ？」

向日葵の部屋で、届いた品物の片付けを手伝っていた京子は、自分がもらったわけでもないのにやけに興奮している。

「そうなんだけど……」

向日葵は、アルバイト代を貯めて買ったスーツを隅に押しやり、押入れを改造して作ったクローゼットに新品のスーツを掛けながら、重いため息を漏らした。

スーツの片付けが終わったら、化粧品の片付けもある。

今まで使っていた品々は確かに安物だけど、自分で稼いだお金で買ったものだから、それなりに愛着がある。でも今日送られてきた品物と比べると、安っぽさは否めない。

こんな安物で着飾った子を樗賢の側に置きたくないという、秀清の気持ちはわからなくもない。

——でもなんだか、私自身を否定されたようで悲しいな。

樗賢に褒められて、もっと可愛くなりたいという思いもあるけど、安いスーツや化粧品しか買えない自分では、樗賢の側にいるには相応《ふさわ》しくないと言われているような気がして悲しい。

今日の会議での樗賢の姿を思い出すと、その思いはより強くなる。

会議で交わされる言葉の意味もわからない自分が、秀清の補佐として樗賢の側にいていいのだろうか？

「アンタ、あの二人のどっちかが好きなのかい？」

考えごとに気を取られ、手が止まっていた向日葵は、弾かれたように傍らの京子を見た。

「好きって……」

「付き合うなら、専務さんの方にしときなよ」

「え、どうして？　どういう意味？」

驚く向日葵に、京子はさらりと答えた。

「だって、秘書と専務なら、専務さんの方がお金持ちだろ。どうせ付き合うなら、お金持ちの方が得した気分になるじゃないか」

「……なんだ。そんな理由か」

――今、庄野院さんがお金持ちすぎるから、悩んでいるのに……

向日葵は、京子らしい意見に呆れながら、一番近くに掛けてあったワンピースの生地を指で撫《な》でる。

樗賢から借りた形になっているワンピース。その値段はわからないけれど、手触りからも上質なものなのだとわかる。

あの日、このワンピースを着て樗賢の隣にいることが嬉しくてしょうがなかった。ずっと一緒にいたいとさえ思った。

だけど樗賢と自分とでは、住んでいる世界が違いすぎる。

向日葵は、隣でブランド名を確認しながらスーツをラックに掛けていく京子を見た。

「おばあちゃん、お願いがあるの。明日、お店の手伝い休んでいい？」

「珍しいね」

「ちょっと考えたいことがあるの」

「そら一段と珍しい」

京子は驚きながらも、向日葵のお願いごとを承諾した。

◇◇◇

次の日、夏目煎餅を訪れた樗賢が暖簾《のれん》を潜《くぐ》ると、いきなり京子と目が合った。

「おや、専務さん」

名前ではなく、役職で呼ぶ京子に苦笑を浮かべてしまう。

その後ろから秀清も店に入ってくると、京子は、嬉しそうに目を細めた。

「おや秘書君も一緒かい？　なんだい、また手伝いに来てくれたのかい？」

「違います」

自分以上に人を喰ったきらいのある京子の笑みに、秀清は不快そうに眉を寄せた。

「向日葵さんは、いますか？」

樗賢が問いかけた。

「出かけてるよ。今日は考えたいことがあるから店の手伝いを休ませてほしいって頼まれてね」

「考えたいこと？」

「ああ。なんか昨日、やけに元気がなかったから、休ませてやることにしたんだよ」

小さな胸騒ぎに眉を寄せる樗賢に代わって、秀清が問いかけた。

「どこに行ったかわかりますか？」

「さあ……。裏に書き置きがあるかもしれないね。ちょっと見てくる間、店番を頼んでもいいかい？」

「ええ。そのくらいの間なら」

秀清が頷くと、京子は「頼んだよ」と言って店の奥へと姿を消した。

そしてしばらく待っていると、店の奥からではなく、入り口の方から京子が顔を覗かせた。

さっきより濃い目の化粧をしている京子は、何故か服まで着替えている。

「向日葵さんの書き置きはありましたか？」

見るからによそ行きなワンピースを着ている京子に、秀清は警戒しながら問いかけた。

「書き置きはなかったけど、財布も携帯電話も置きっぱなしで、小銭入れだけ持っていってるみたいだから、その辺にいると思うよ。ちょっと探してくるから、そのまま店番を頼んだよ」

「な、なにをっ！」

「ついでに、昨日の頂き物のお礼に、巣鴨《すがも》で美味しい団子でも買ってこようかね。……じいさん、店番を他の子に頼んだから、夕方までちょっと出かけるよ」

「あぁ……」

外に出したが最後、夕方まで帰ってこなくなる。そう察した秀清が止めるより早く、京子は店の奥にいる勘吉に声をかけると、そのままヒラリと暖簾《のれん》の向こうに姿を消した。

慌てて秀清も店の外に飛び出したが、もうそこには京子の姿はなかった。

「やられた……。しっかり夕方とか言っているし」

この街で自分より土地勘のある京子を見つけることは困難だろう。秀清が目眩《めまい》を堪《こら》えるように眼鏡のフレームを押さえていると、店の奥から勘吉が姿を見せた。

「なんだ。手伝いってお前か」

不満げに眉を寄せる勘吉は、それでも当然といった様子で秀清にエプロンを投げた。

「秀清、私が代わろうか？」

「店番なんて、若にさせるわけにはいきません。そもそも今日は彼女の様子が気になるからと、予定を空けられたのでしょう。とりあえず若は、彼女を探してみてください」

諦め顔でエプロンをする秀清に送り出され、槫賢は夏目煎餅を後にした。

とりあえず商店街を歩いていた槫賢は、誰かに声をかけられたような気がして足を止めた。

見ると目の前の看板には『桜井青果』とある。

「ああ。この前、苗を植えるのを手伝ってくれた……」

「桜井トオルだよ」

トオルは、冗談ぽく敬礼をしてみせた。

「この前はありがとう」

「どうかした？　苗の様子でも見に来た？」

「それもあるんだが、夏目君を探しているんだ」

「夏目？　京子さんなら、さっきご機嫌な足取りで駅の方に歩いて行ったし、ヒマなら図書館にいると思うよ」

「図書館？」

樽賢は、京子の目撃情報に苦笑いしつつも問い返した。

「俺が開店の準備してる時に店の前を通って、図書館行くって言ってたから。案内してやろうか？」

「いや。スマホで調べればわかると思うから大丈夫」

「お、お兄さん、そのメールアプリ使ってるんだ。ＩＤ交換しようぜ」

樽賢のスマホを覗き込んだトオルは、画面に表示されているアプリを見て、嬉しそうに自分のスマホを取り出した。

「かまわないが……」

――こんなに気軽にＩＤ交換を誘われたのは初めてだな。

「なに笑ってんの？　俺の周辺、なんか知らないけどそのアプリ使ってる奴がメチャ少なくて」

「夏目君もやってないのか？」

「ヒマ？　ヒマはやらないよ。アイツ変なところで人見知りで、人と繋がるのが苦手なんだよ。だから昔からの友達以外とは、必要以上に親しくしないんだよ」

「昔から……とは？」

「俺みたいに、親父さんたちが死ぬより前からの友達。だから、めったに鳴らないって言って近所に出かける時は携帯を持ち歩かないし。……それより早くＩＤ交換しようぜ」

「ああ……」

——ご両親が亡くなる前からの友達……

いくら昔ながらの商店街に住んでいるとはいえ、それでは向日葵の交友関係は恐ろしく狭いのではないだろうか？

槫賢は嬉しそうにスマホを操作するトオルの相手をしながら、そんなことを考えた。

◇　◇　◇

——えっと……メタンハイドレートは、別名が『燃える氷』。……バイオマスの別名が生物資源で、生物資源って言うのは……

——どうしよう。難しい字を読んでいると眠たくなっちゃう。

「ん？」

襲ってくる睡魔と闘《たたか》いながら本を読んでいた向日葵は、ページの上に影が落ちたことを不思議に思って顔を上げた。そして自分が読んでいる本を覗き込んでいる人の姿に驚きの声をあげる。

「あっ！　専務」

「勉強中？」

樗賢は、向日葵の傍らに積まれた本を一冊取り、ぱらぱらと捲《めく》った。

「専務……どうしてここに？」

「トオル君に居場所を教えてもらった。ここでは他の人の迷惑になるから、外で話そうか」

小声で話す樗賢が、周囲に視線を走らせる。向日葵は頷くと、机に広げていたノートや筆記用具を布製のトートバッグにしまって立ち上がった。


「専務、どうしてこんなところにいるんですか？」

図書館の外に出た向日葵は、さっきと同じ質問を口にした。

「さっきも言ったが、トオル君に君の居場所を教えてもらった。それと、ここで専務はよそうか」

「じゃあ、庄野院さん」

「ううん。珍しい苗字で、聞く人が聞けば気になるかもしれない……下の名前で呼んでもらえる方が嬉しいな」

「じゃあ、樗賢さん」

「うん。悪くない。親しみが持てる」

満足げに頷く樽賢に、向日葵は頬が熱くなるのを感じた。

苗字ではなく下の名前で呼ぶだけで、急激に距離が縮まったような気がしてしまう。

――どうせなら私も、下の名前で呼んでほしいな。

一瞬そう思ったけど、自分の場合、苗字の『夏目』より『向日葵』の方が周囲の視線を集めることに気付き、諦めた。

一方そんな向日葵の気持ちに気付かない樽賢は、図書館の入り口にある自動販売機の前に立つ。

そして「しまった、電子マネーが使えないのか」と呟《つぶや》いたので、向日葵は小銭入れを取り出し、お金を投入した。

「すまない。後で返すよ」

女性もしくは年下の社員にお金を出させることに抵抗があるのか、樽賢はそう言って、少し考えた後にミネラルウォーターのボタンを押し、ペットボトルを取り出す。

「半永久的に貸しておきます」

以前洋服を買ってもらった時のことを思い出してそう答えた向日葵は、オレンジジュースのボタンを押した。そんな向日葵に、樽賢は「負けず嫌いだね」と笑う。

「君の街に来る時は、現金を持ってくる必要があるらしい。勉強になったよ」

そう言って樽賢は腰を屈《かが》め、もう一本のペットボトルを取り出して向日葵に差し出した。

「前に来た時は、駐車場代を持っていたじゃないですか」

「あの時は君と出かけるつもりでいたから、車の鍵と駐車場代の用意をしていた。今日は本当にカードと電話しか持ってきていなかったから助かったよ。君といると、お金があってもままならないことが色々あると教えられる」

向日葵はすぐ側のベンチに腰を下ろして、ペットボトルの蓋《ふた》を捻《ひね》った。

「そんなにあるんですか？　樗賢さんくらいお金持ちなら、なんでも思いどおりになりそうなのに」

肩をすくめた樗賢は、向日葵の隣に腰を下ろす。

「お金では解決できない問題の方が、いつも重要だ。時々、無力な自分が歯痒《はがゆ》くなる」

「例えば？」

「そうだな……例えば私は、十年以上前にある女の子の願いを叶えてあげられなかった。それを未だに後悔しているんだよ」

そう言った樗賢は、当時のことを思い出していた。

あの時向日葵が本当に望んでいたのは、両親が無事に帰ってくることだった。いくらお金があっても、死んだ人間を生き返らせることは出来ない。

「ふう～ん」

向日葵は、静かに唇を尖《とが》らせた。

——十年以上前ってことは、学校の友達との約束かな……

——本屋さんで私と出会っていることは覚えてないのに、そんな昔のことは覚えているんだ。

「そうだっ。そんなことより、今日はどうしたんですか？」

「昨日、夏目君の元気がなかったから、心配で様子を見に来た」

「……それだけの理由で？」

多忙な樗賢の毎日は、常に分刻みで予定が詰まっている。さすがに週末はそこまで忙しくないだろうが、全く予定が入っていない日は珍しいと聞いている。今日だって多少の予定は入っているはず。

「それだけという言い方はしてほしくないな。本当に、心配したんだ。……それに、夏目君に確認しておきたいことがある」

「なんですか？」

「秀清の補佐として会議などに同伴するのは、荷が重いかな？」

「ああ……」

向日葵は、昨日の会議のことを思い出した。

慣れない高級スーツと化粧品で着飾って、理解できない言葉が飛び交う会議室に座っているだけの会議。あの時間が楽しかったかと問われれば、「イエス」と答えることは出来ない。

「ああいった場に同伴するのが嫌なら、これからそのように取り計らうが？」

「……」

「それ以前に私の下で働くのが嫌なら、他の部署に異動できるように手配するから、変な気遣いをせず、正直に答えてほしい」

答えに困って眉を寄せた向日葵は、気遣う樗賢を見上げて口を開く。

「あの……。樗賢さんは、私が一緒に仕事することをどう思っているんですか？」

「え？　それは、関係ないだろう」

「どうしてですか？　私の気持ちを話す前に、樗賢さんがどう考えているか知りたいです」

樗賢が自分を気遣ってくれているのは、日頃から感じている。だけど、自分を必要としているかどうか、ちゃんと確認したい。

「なんと言うか………私は自分の希望を口にするのが苦手なんだよ」

しばらく黙り込んでいた樗賢は、観念したようにそう打ち明けた。

「……どうして？　会議では、あんなにビシバシ意見していたのに」

「会議は、会社を効率よく稼働させるために現状の問題点を見出して、その改善点を探していけばいいだけだから、私の感情は必要ない」

「そんなものなんですか？」

樗賢が将来的にショウノ・ホールディングスの社長になることは知っている。未来の社長なのだから、もっと自由に自分の意見を言えばいいのに。

「そんなものだよ。……それでも時々は、感情の赴《おもむ》くままに動きたいと思う時もあるが」

「我慢しないで、そんな風に動けばいいのに……」

不思議そうにそう呟《つぶや》く向日葵に、樗賢は悪戯《いたずら》っぽい視線を向ける。

「それでは、夏目君がひどく迷惑することになるかもしれない」

「え？　どういう意味で……ふぁぃっ」

意味が分からないと目を丸くする向日葵の頬を、樗賢が抓《つま》んだ。

「そういう表情は、特別な人の前以外でするものじゃないと、前に忠告したはずだよ」

困った子だと、ため息を吐《つ》いてすぐに手を離す。そんな樗賢の態度に、向日葵は「ズルイ」と唸《うな》った。

「ズルイ？」

「そうやって、私の質問をはぐらかす。私だって考えていることは色々あるし、樗賢さんがなにを考えているのかも気になります。知りたいです。自分が隠しているものを、相手にだけ出せって言うのはズルイです」

――忙しいのに、私のことを心配して様子を見に来てくれた。

――樗賢さんがハムスター命だってわかっていても、そういうの、期待しちゃうんですけど。

頬を膨らます向日葵に、樗賢は困ったように笑う。

「君はいつも、私に新しい価値観を与えてくれるね。……なるほど、確かにフェアじゃないな」

「でしょ。だから先に、樗賢さんの本音を教えてください」

「私としては、先に夏目君の考えを知りたいのだが。……では、同時発表することにしないか？」

「同時？　どうやって？」

「お互い目を瞑《つむ》って、これからも相手と一緒に仕事をしたいと思ったら、右手を上げる。それでどうだ？」

「なるほど」

向日葵が納得したところで樗賢は手を離し、目を閉じた。その姿に、向日葵も慌てて両目を瞑る。

「では、相手と一緒に仕事をしたいと思っていたら、三つ数える間に手を上げる。さあ目を閉じて」

「はい……」

「では数えるよ。1、2、3」

右手を上げた向日葵が恐る恐る目を開けると、右手を上げている樗賢と目が合った。

「……」

「よかった。会議での様子を秀清から聞いて、君が辞めたいと思っているんじゃないかと心配したよ」

樗賢は、ホッとした様子でベンチに背中を預けた。

「そんなにですか？」

「ああ。私の個人的感情で採用して、君を困らせているのではないかともね」

――樗賢さんの個人的感情で採用？

――……ああ、そうか。私の採用って、庭でヒマワリを育てることが条件だった。

――樗賢さんは、大事なハムスターのヒマワリが育てられなくなると困るんだ。だからこんなにも私のことを心配してくれるんだ。

そう納得すると、ドキドキしていた鼓動が少しだけ収まってくるのを感じた。

それでも、少しでも長く樗賢と一緒にいたいという思いは変わらない。自分の中にあるそのふわふわした思いが、恋愛感情というものかどうかはまだわからないけれど。

「大丈夫です。昨日、私の元気がなかったのは、悔しかったからです」

「悔しかった？」

「あと恥ずかしかったのもあるかな。今の私には持っていないものが多すぎると思ったから」

「なにか必要なものがあれば、私が買うが？」

樗賢の申し出に、向日葵は首を横に振った。

「お金で買えるものは、この先仕事を頑張ってなんとかします。今、私が持っていなくて困っているのは、知識です」

「知識？」

「はい。知らないことだらけで、悔しかったんです。お化粧の仕方もスーツの選び方もわかってなかった。会議で交わされていた言葉の意味もわからなかった。このままじゃ駄目だと思いました」

向日葵が質問されることはないから大丈夫だ、と秀清は言っていた。だけどそんな言葉に甘えて、訳が分からないまま会議をぼんやり眺めてお給料をもらうなんてあり得ない。

じゃあ仕事を辞めたいかと聞かれれば、それも違う。樗賢の側で働きたい。樗賢が生き生きとした様子で挑んでいる世界に、もっとしっかり向き合いたい。

そんな思いがハッキリしているのなら、向日葵がすべきことは決まっている。

「なるほど。それでここにいたんだ」

図書館を見上げる樗賢に、向日葵は大きく頷いた。

「昨日の会議で、聞き取れた言葉をメモしておいたんです。夜、ネットで意味を検索したんですけど、本で読んだ方がもっと理解できるかなって」

「……」

「知らない言葉は調べればいいし、お化粧の仕方とかも覚えます。だから今は、このまま働かせてください」

――樗賢さんの気紛《きまぐ》れが続く間だけでも。

「ありがとう。今さら君がいなくなるのは辛いから、そう言ってもらえて安心したよ」

――せっかく苗を植えたばかりなんだから、そうだよね。

――ヒマワリの種を収穫するまでは、最低でもいてほしいよね。

ずっと先のことはわからないけど、少なくともヒマワリの種を収穫する季節までは一緒にいられる。

向日葵は、樗賢の言葉を自分なりに解釈して大きく頷いた。

「大丈夫です。私、会社を辞めたりしません。それに樗賢さんの大事なヒマワリは、収穫まで責任を持って守ります」

「ヒマワリ……？　収穫？」

「はい。頑張ります」

樗賢は苦笑いを浮かべる。自分としては、精一杯今の自分の思いを伝えたつもりだったが、どうやら向日葵はわかっていないらしい。さもなくば、恋愛対象として見ていないと暗にかわされているのだろうか。

「私、なにか変なこと言いましたか？」

落胆が顔に表れていたのだろうか、向日葵が顔を覗き込んでくる。樗賢はすぐにいつもの穏やかな笑みを浮かべた。

「いや。ありがとう。君が守ってくれると心強いよ。私にとって向日葵は、とても大切な存在だからね。では私は、大切な向日葵を含めたその周辺の全てを守るよ」

「あ、ありがとうございます」

——やだ。「ヒマワリ」が「向日葵」に聞こえちゃう。

——花の話をしてるってわかっているのに、そんな真剣な目をして言われるとドキドキしちゃう。

向日葵は、火照《ほて》る頬を隠すように両手で包んだ。

「これからどうする？」

樗賢に聞かれて、向日葵は時計を確認した。今日はお店の手伝いをしなくていいと言われているけれど、忙しければそうも言っていられないかもしれない。

「一度お店に戻ります。お店が忙しかったら、私がお昼の準備をしなきゃだし」

「そうか。では送ろう」

立ち上がった樗賢は、向日葵に向かって右手を差し出した。

当然のように差し出された手に、向日葵は戸惑いながらも掴まる。すると樗賢は、向日葵の手を引いて立ち上がらせ、そのまま手を繋いで歩き始めた。

樗賢は右手で向日葵と手を繋ぎ、左手で彼女のトートバッグを持って歩く。

向日葵が自分で持つと言っても、樗賢が譲らなかったのだ。転ぶと危ないからと手を繋ぎ、数冊の本が入っているだけのバッグを重たいからと言って取り上げられると、自分がひどく小さな子供扱いされているような気がしてしまう。

――樗賢さんには、私が小さな子供みたいに見えているのかな？

――昨日は、大人っぽくなったって言ってくれたくせに。

事実、年齢も身長も樗賢より小さいのだけど、そんな扱いをされるのは面白くない。昨日褒めてくれた時は、少しだけ樗賢に近づけた気がして嬉しかったのに。

「樗賢さん……手を離してください」

「どうして？」

――子供扱いされているのに、私だけこんなにドキドキしているなんて悔しいもん。

「もう商店街だから、近所の人に見られたら恥ずかしいです」

言われて樗賢は、歩きながらも向日葵の手を離した。

「失礼。それは悪かった」

――声がちょっと寂しそうに聞こえるのは、気のせいかな？

樗賢の様子を窺《うかが》っていた向日葵は、ふと前方にたたずむ男性に気づいた。商店街の外れにある文房具屋さんの前に立つその男は、短い毛をクルクル巻いたパンチパーマのような髪型をしている。

――怖そうな人。目つきが悪いから、そう見えちゃうのかな？

近付くにつれ、男の姿がはっきり見えてきた。

歳は四十代くらいだろうか？　浅黒い肌に、目は腫《は》れぼったい一重。額や目尻には深い皺《しわ》が刻まれている。そしてその痩せた体には大きすぎるジャージを着ていた。

樗賢も男の存在になにか感じているのか、視線を向けながら向日葵の隣を歩く。

そんな二人の存在を気にする様子もなく、男は小刻みに肩を揺らしては店の中を観察していた。

二人が側を通りすぎる時、男が陰湿な笑みを浮かべたような気がした。

向日葵が、遠ざかりながらもちらちらと振り返って男の姿を確認していると、そのうち男は突然ジャージのポケットから野球ボールを取り出し、大きく振りかぶった。

「えっ！」

向日葵が息を呑んだ瞬間、男はボールを文房具屋のショーウインドーに向かって投げつける。

ガシャンッ！

耳障りな音に続いて、店内のものが崩れ落ちる音が聞こえてきた。向日葵の位置から中の様子は見えないけれど、相当な勢いで投げ込んだのだろう。

ほんの数秒、事の成り行きを見守っていた男は、唾を吐き捨て、突然走り出した。

「先に店に戻って！」

「え？」

榑賢は持っていたトートバッグを向日葵に返し、短くそう命じると、一気に走り出した。

テンポよくアスファルトを蹴る榑賢は、すぐに男に追いつき、その手首を掴む。そしてすかさず男に足払いを掛けた。

「うっ！」

突然足を取られ空中で回転するようにして倒れ込んだ男は、アスファルトに叩きつけられた衝撃に低いうめき声をあげる。榑賢は男の腕を後ろ手に捻《ね》じり強引に立ち上がらせると、そのまま店まで連れ戻した。

「警察を」

「はいっ」

動揺しながらも榑賢の指示に従おうとする店主に、男が怒鳴る。

「そんなことしてみろっ！　明日には、店が火事になるぜっ！」

ドスの利いた男の声に、店主は動きを止めた。

「脅しか？」

男を捕らえたまま榑賢が低い声で問う。

「まさか。ただの予言だよ」

「建造物放火の罪は、器物破損とは比べ物にならないぞ」

「俺がやるとは言ってないだろ。最近この辺で不審火が多発しているから、気を付けたほうがいいですよって、心配してやっているだけだよ。世の中、金のためならどんなことでもする奴がたくさんいるからな」

「君も、……その一人かな？」

悪びれる様子もなく肩をすくめた男は、視線で店主に脅しをかけながら言葉を続ける。

「それに俺は、偶然手が滑って店のガラスを割っちまっただけだ。弁償する意思もある。これはただの事故だよ」

「嘘つき！」

駆け寄った向日葵が思わず非難の声をあげると、男は険しい視線を彼女に向けてくる。

「お前、どこかで……」

目を眇《すが》めた男が思い出すより早く、槫賢が体の位置を変えて男の視界を遮《さえぎ》った。男は槫賢に視線を向けたまま、意地の悪い笑みを浮かべて向日葵に話しかける。

「嘘かどうかを決めるのはお嬢ちゃんじゃなく、警察の仕事だよ。はっきりした証拠がなければ、俺の話が真実になる。で、証拠は持っているのかい？」

「私が、見ていたわ。警察にも、ちゃんと証言します」

男の脅しに臆《おく》することなく断言すると、男はからかうように口笛を鳴らした。

向日葵は男のそんな態度に抗議するようにさらに身を乗り出す。すると前にいた槫賢が静かに眉を寄せた。

「お嬢ちゃんが嘘をついていないって証拠は？」

「なっ！」

どこまでふてぶてしいのだろうと呆れる向日葵をよそに、男は店主を睨《にら》む。

「で、どうする？　アンタの判断によっては、このお嬢ちゃんも気の毒な事故に遭遇するかもな」

男の脅し文句に、店主は弾かれたように向日葵を見た。そして、そんな脅しに屈しないと言いたげに唇を固く引き結ぶ向日葵の姿に、首を横に振る。

「……分かったよ、これは事故だ」

深いため息を吐《つ》く店主の言葉に、樗賢は男の手を離した。

「利口な判断だ」

男はやれやれといった様子でそう言い、解放された腕を大きく回した。そして店主のもとに歩み寄ると、名刺を一枚取り出して地面に落とした。

「俺の名刺だ。本気でガラスの弁償をさせる勇気があるなら、ここに電話してきな」

誠意のかけらもない言葉を残して、男はその場を去っていった。

「おじさん、大丈夫？」

男の姿が見えなくなると、向日葵は店主に駆け寄った。

「ああ、向日葵ちゃん……。あっ、危ないから触らないで」

ガラスの破片を拾おうとする向日葵を店主が止めた。樗賢も向日葵の肩を押さえて制する。

「被害届は、出されますか？」

「やめておくよ」

「弁償は？」

樗賢は、地面に落ちている名刺を拾い上げ、店主に差し出した。店主はそれを受け取ることなく、首を横に振る。

「諦めるよ。ああいう人間とは、関わらない方が安全だ」

「賢明です」

樗賢はその名刺を自分の服のポケットにしまいながら頷いた。

「向日葵ちゃんまで、巻き込まれちゃ大変だしね」

――無事でよかった。

そう言いたげに弱々しく微笑まれると、向日葵は全く役に立たなかった自分が申し訳なくなる。

「でも……」

俯《うつむ》く向日葵を気遣いつつも樗賢は、今後同じようなことが起きた時に警察に相談するため、片付ける前に現場写真を撮っておくよう店主にアドバイスをした。

「帰ろう」

今の自分たちに出来るのはここまで。そう判断した樗賢は、向日葵に声をかけた。

少し気持ちを落ち着けてから帰ろうと提案されて、遠回りをして人通りの少ない裏道を歩く。

向日葵はふと、隣を歩く樗賢の顔を見上げた。

「怒っていますか？」

「ああ」

樗賢の口調が、いつになく強い。

「どうして先に戻らなかった？　いいかい。今度こういう場面に遭遇したら、すぐにその場を立ち去るべきだ。世界は、君が思っているほど善良なもので満たされてはいないのだから」

「だって……知っているお店のおじさんなのに、見捨てて逃げるなんて出来ません」

あんな理不尽な状況、黙って見過ごせるわけがない。

「それで君が、危険なことに巻き込まれたらどうする？　そうなれば彼も不要な罪悪感を背負わされることになるんだぞ！　私に任せておけばよかったんだ」

向日葵は樗賢を睨《にら》んだ。

「そんなこと言って、樗賢さん、あの人を逃しちゃったじゃないですか」

住む世界が違う樗賢にとって、小さな商店街の一店舗が荒らされたことなんて、深追いするには当たらないのかもしれない。とはいえ、あっさり男を解放した樗賢には、苛立ちを隠せない。

「あの店の店主も私も、それが適切な処置だと判断したからだ。下手に関わっても逆恨みされるだけで、彼を改心させることは難しい」

「私は脅しに負けて、悪い奴の言いなりになんてなりたくないです」

「それでなにかあったらどうする？」

「その時は、ちゃんと警察に訴えるから大丈夫です」

ムッとした口調で言い返すと、樗賢が立ち止まり、険しい視線を向日葵に向けた。

――怒らせちゃった？

だけど樗賢の表情は、怒っているというよりは悲痛に満ちているように見えた。

「あの……」

「警察が助けてくれるのは、被害者になってからだ。どんな些細《ささい》な事件や事故でも、私は君が被害者になる姿を見たくない」

「……」

――本気で私のことを心配してくれているんだ。

「私は君といると、自分の無力さを思い知らされる。君になにかあったら、私は一生涯悔やみ続けなくてはならなくなる。お願いだから、私に君を守らせてくれ」

大きな手が、癖のある向日葵の髪に触れた。樗賢は、その髪の流れを確かめるように彼女の頭を優しく撫《な》でる。

「……あれ？」

優しく包み込んでくる大きな手が、どこか懐かしい。

顔を上げると、慈《いつく》しむような視線を向けてくる樗賢と目が合った。その途端、頬が熱くなるのを感じる。

――ああ……、私、この人が好きなんだ。

向日葵はついに観念して自分の思いを受け止めた。

今までも、樗賢に恋愛感情を抱《いだ》きそうな予感はあった。でも恋愛経験のない向日葵には、本当にそれが恋なのか判断できなかったし、なにより自分と樗賢では、住んでいる世界が違いすぎる。そんな人を好きになっても辛いだけ、とあえて意識しないようにしていたのだ。

「帰ろうか？」

「はい」

恋心を自覚すると同時に、思い出しかけていたなにかを忘れてしまった向日葵は、樗賢に手を引かれて再び歩き始めた。

8　名刺の付箋《ふせん》

六月のある日、向日葵は、とあるホテルで朱色の重厚な絨毯《じゅうたん》を踏みしめ、天井で輝くシャンデリアの輝きに圧倒されていた。すると、隣の秀清が耳元で囁《ささや》いてくる。

「口が開いていますよ」

「ごめんなさい」

口元を手で隠した向日葵は、慌てて首の角度を直して背筋を伸ばした。そのついでに、スーツの襟《えり》を直す。榑賢のもとに配属されてすぐの頃は慣れていなかった上質なスーツも、今では多少着こなせるようになっている。

「知っています？　ここのシャンデリア、本物のダイヤを使っているんですよ。よく見ると、他のシャンデリアと輝きの質が違うでしょ」

「えっ！　本当ですか？」

一瞬目を丸くした向日葵は、ニヤリと笑う秀清を目にして、すぐに表情を戻した。

「騙《だま》されません」

「なんだ。つまらない」

「私も学習しているんです」

「じゃあ、ここのシャンデリアが、一千万円以上することも知っていました？」

「一千万っ！　ダイヤモンドより高いじゃないですか」

「まあ、一千万円以上のダイヤモンドも世の中にはたくさんありますけどね」

思いもよらなかった金額にまた目を丸くする向日葵に、秀清は満足げに頷く。

「そんなに高いなんて……」

向日葵は、思わずシャンデリアを再確認した。

『オペラ座の怪人』にでも出てきそうな煌《きら》びやかなシャンデリアは、確かに高級感に溢れている。

だけど天井までかなりの距離があるので、どこにそれだけの金額が注ぎ込まれたのかはわからない。

「そんな高価なシャンデリアをぶら下げている高級ホテルが会場ってことは、今日の祝賀会にはそれだけの価値があるってことですよ」

新宿駅《しんじゅくえき》に近いこのホテルは、高品質のサービスや食事に定評があり、テレビや雑誌で取り上げられることもしばしばだ。今向日葵たちがいるこのホールも、有名人の結婚式などに使われたことがあるらしい。

「なるほど……」

向日葵は、納得したように会場を見渡した。

平日昼間の祝賀会のため、会場にはビジネススーツ姿の男性が目立つ。向日葵はそんな会場の正面、金屏風《きんびょうぶ》が広げられている舞台に目を向けた。

そこには赤い造花を付けてスピーチする中年男性を中心に、白い造花を付けた数人の人たちが並んでいる。そして樗賢もまた、白い造花を付けて舞台の右端の椅子に座り、中年男性の話に頷いていた。

向日葵の視線は、自然と舞台の上にいる樗賢に向いてしまう。

「専務とあの人、どういう関係ですか？」

「あの人は、若のおじい様の代から運営している財団の奨学金制度を利用して海外留学し、そのまま海外の研究所に就職。そこで新しい医療技術を開発し、海外の学会で大きな賞を受賞。その功績を讃《たた》えるために、今回の祝賀会の運びとなったのです」

「それって、うちの会社とどんな関係があるんですか？」

「別に関係ないですよ」

ショウノ・ホールディングスと医療技術の繋がりが理解できずにいた向日葵に、秀清はあっさりと答えた。

「奨学金を貸与《たいよ》している財団は、会社とは完全に切り離された存在です。華族《かぞく》制度が廃止される以前に、庄野院家がたくさんの書生《しょせい》を世話した名残《なごり》で……」

「書生？」

知らない言葉に眉を寄せる向日葵に、秀清は「貧しい家庭の優秀な若者を屋敷に住まわせ、学業に勤《いそ》しめるよう金銭的に支援していたんです」と補足した。

「へ～。今の奨学金制度みたい」

「まあその前身と言ってもいいでしょう。庄野院家は、優秀な書生を支援することで、長く社会貢献をしてきました。現在もその名残で、各分野の優秀な若者を支援しているんです」

「すごいですね」

「僕としては、考古学者や売れない陶芸家といった人たちの後援をすることに、なんの意味があるのか理解に苦しみますが。若のおじい様は、いろんな方面に進んだ者たちが、いつか思わぬ繋がりを作ってくれると、面白がって支援を続けてきました」

「やっぱり、専務の家ってすごいんですね」

向日葵はバイト時代、箱に詰められた大量の名刺を片付けたことを思い出しながら感嘆の声をあげた。

「なにを今さら。華族制度が廃止されていなければ、庄野院家は日本の陰の政府と言われるほどの大財閥のままだったでしょう」

秀清は、そう言ってため息を漏らした。

主役のスピーチや樗賢を含む関係者の祝辞が終わると、オードブルが運ばれ、祝賀会は昼食を兼ねた立食パーティーへと流れていく。

「なにか見える?」

窓際で一人外を眺めていた向日葵は、不意に声をかけられ、小さく肩を跳ね上げる。

振り向くと、樗賢が立っていた。

「樹を……」

六月に入ったけど、まだ梅雨入り前だから晴れた日が続いている。床から天井近くまで伸びる大きな窓からは、緑が眩《まぶ》しい新宿御苑《しんじゅくぎょえん》が見えた。

「どれ……」

樗賢は向日葵に重なるように立ち、その視線の先を確認する。

自分を包む樗賢の香水の匂いに、向日葵は鼓動が速くなるのを感じていた。好きだと自覚してしまうと、樗賢の一挙一動が気になってしまう。

——高校生時代の私、なにも考えずに樗賢さんに触れていたんだ。

——今は、自分から樗賢さんに触れるなんて絶対出来ない。

「なるほど」

樗賢は身を翻《ひるがえ》すと、窓際に寄せられていたカーテンの後ろに隠れ、ネクタイを緩めた。

「挨拶は、もういいんですか？」

「重要な人への挨拶は終わったから、ちょっと休憩。誰か来たら教えて」

樗賢は、厚い窓ガラスにもたれ掛かった。頷く向日葵も、窓を背にして会場に視線を向ける。

「ハムスターは元気？」

「元気です。ヒマワリの苗も、順調に成長していますよ」

「よかった。最近、なかなか行けなくて心配していたんだ。周囲に変わったこともない？」

忙しい樗賢が、ヒマワリの世話をしに来られる日は少ない。

「大丈夫です。暇な時は、トオルも手伝ってくれていますから」

「トオル君といえば……もうじき商店街の慰安旅行があるらしいね」

「どうして知っているんですか？」

向日葵は目を丸くした。

「トオル君がメールに書いていた」

「へ？」

何故樗賢とトオルが？　そんな向日葵の疑問を読み取ったのか、樗賢は楽しそうに笑う。

「君を図書館まで探しに行った日に、仲良くなったんだよ」

「ああ……」

お調子者のトオルのことだから、なにかの拍子に聞き出したのだろう。

――ハムスター王子なんて書いていたらどうしよう……

――気になるけど、樗賢さんには聞けない。帰ったら、トオルに確かめなきゃ。

「トオル君は時々連絡をくれるけど、夏目君は一度も連絡くれないね」

帰ってからのことを考えていた向日葵は、拗《す》ねたような樗賢の口調に驚く。

「だって樗賢さん忙しいから、メールとか迷惑かと」

思わず役職で呼ぶことを忘れた向日葵に、樗賢は満足げに頷く。

「メールをもらって迷惑に思う相手に、プライベートのアドレスを教えたりしないよ。その言い方だと、私とメールしたくないわけじゃないようだね」

「そりゃ……」

今まで何度もメールしたいと思いつつ、迷惑になると思って我慢してきたのだから。

「君が嫌じゃないのなら、時々メールをもらえると嬉しい。……その、元気かどうか、つい心配してしまうから」

——心配？

——ああ、ハムスターの体調とかかな？

「わかりました。じゃあ帰ったらさっそく、写真付きでメールします」

「ありがとう。楽しみにしているよ」

頷いた向日葵は、「そういえば……」と樗賢の横顔を窺《うかが》った。

「文房具屋のおじさんに聞いたんですけど、ショーウインドーを割られた次の日に、ビックリするくらいの大口の発注を受けたそうです」

「ほうっ」

わざとらしく驚く樗賢に、向日葵は心の中で「やっぱり」と呟《つぶや》いた。

「それで、どこかのお金持ちが匿名《とくめい》で文房具を寄付するお手伝いをしたそうです。その手間賃も含めてかなり儲かったし、文房具を届けた施設で子供たちと触れ合って元気をもらったって、喜んでいました」

「そう。よかったね」

「匿名のお金持ちって、専務のことですよね」

「さあ？　匿名とは名前を明かさないことだよ」

樗賢は、あくまでも『知らない』で通すつもりらしい。

「じゃあ専務は、匿名の人がどうしてそんなことをしたと思いますか？」

「君の大切なものを、責任を持って守ると約束したからじゃないかな？　夏目君にとって、商店街は大切な場所。あの文房具店の店主が、ショーウインドーの一件を気にしていつまでも落ち込んでいたら、君が気にすると思ったんだろう」

「そんな理由で？」

「だがその予測は当たっていた。君は、その後の店主を心配して様子を見に行ったから、匿名の寄付のことを知っているんだろ？」

「そうだけど……そのためにいくら使ったんですか？」

ハムスターのヒマワリを確保するために、一体いくら使うつもりなのだろうと呆れてしまう。

「それは君が知る必要のないことだが、強いて言えば、匿名の彼には惜しくない金額だ」

「……お金持ちだからって。もっと経済観念を持って、無駄遣いは控えてください」

「無駄遣いをしたつもりはないが、君が言うのであれば今後留意しておくよ」

向日葵が横目で睨《にら》んでも、樗賢に反省する様子はない。樗賢が、商店街を思う向日葵の気持ちを軽んじていたわけじゃないとわかって嬉しいけれど、このお金の使い方はどうなのだろう。

困ったものだと思う反面、文房具店店主の嬉しそうに話す顔が忘れられない。

「でも……ありがとうございます」

「その言葉が聞けたなら、安いものだ」

満足げに微笑む樗賢に、向日葵は小さなため息を吐《つ》き、何気無く会場に視線を向けた。

「なにか？」

「……だれだっけ？　見覚えがあるけど、誰なのか思い出せない人がこっちを見ています」

「誰だろう？　私の知り合いかな？」

秀清の補佐をするようになって一か月。その間向日葵にも、樗賢の取引関係者と会う機会は何度かあった。その時見知った誰かなのだろうか。記憶を辿ったけど思い当たらない。

向こうも向日葵に思うところがあるのか、怪訝《けげん》な表情でこちらを見ている。

「……あっ！」

思わず声をあげた向日葵は、慌てて口元を手で隠した。

——思い出した。春先に、おじいちゃんに一味を撒《ま》かれていた人だ。確か名前は、桐宮さん。

向こうも向日葵とどこで会ったのか思い出したらしく、一瞬、目を大きく見開いてから不快げに目を細めた。それから向日葵に歩み寄ってくる。

「見覚えがあると思ったら、いつだかの、野蛮な煎餅屋《せんべいや》で会ったチビ……」

「おじいちゃんは、野蛮じゃありません」

自分を見下ろし指を突きつけてくる桐宮に、向日葵は眉を寄せた。

確かに一味を投げつけたのは、勘吉が悪い。だけど店を訪れるなり、勘吉を老人扱いして土地を売れと談判してきた桐宮にも非がある。

「野蛮だよ。あのジジイに伝えとけ。野蛮で無知だから、誰に喧嘩を売っているか理解できないんだろうけど、人間には格の違いというものがあるんだ。喧嘩を売る相手は、身の程をわきまえて選べと」

「……」

高圧的な桐宮に、向日葵は言葉を失ってしまう。すると「ほう……」と声をあげた樗賢が、カーテンの陰から姿を現した。

「野蛮で無知だから、誰に喧嘩を売っているか理解できない……。それは自分のことを言っているのかな？」

「……庄野院」

突然現れた樗賢の姿に、桐宮は表情を強張らせる。一方樗賢は、「桐宮、久しいな」と微笑んだ。だがその眼差しには怒りが滲《にじ》んでいる。

「お知り合いですか？」

二人のやり取りに、向日葵が問いかけた。

「中学校と高校で、同級生でした」

二人に代わってどこからか現れた秀清が答えると、桐宮はさらに顔を強張らせる。

「……高梨まで」

「大学は、僕と若が留学したので別になりましたが。まあ、国内の大学に進んでいたとしても、学力差を考えれば、大学は別になったでしょうが」

「うるさいっ」

桐宮に露骨な嘲《あざけ》りの眼差しを向けた秀清は、その目を一瞬だけ向日葵へと向ける。

「彼女は、我が社の社員。それを承知で喧嘩を吹っかけているのであれば、こちらもそれ相応の対処をさせてもらうが？」

「なに……」

桐宮は向日葵に視線を巡らせ、スーツの襟元にある社員バッジを認めると、顔をしかめた。

そして秀清に目をやり、最後に榑賢を見る。その表情から察するに、自分が不利な状況にあることを理解したらしい。

「さて、誰に喧嘩を売っているのか、確認させてもらおうか？」

榑賢は、いつぞやの会議の時のように、高圧的な視線で桐宮を見据える。向日葵はそんな榑賢のスーツの袖を引っ張った。

「ウチのおじいちゃんも悪いんです。ちょっとした揉め事があって、桐宮さんに一味の粉を投げつけたから」

榑賢たちの同級生を悪く言うのはためらわれたので、そう説明する。

「まあ、そういうことだ。……忙しいからこれで」

向日葵の言葉に便乗した桐宮は、榑賢に胸を張って見せると、すぐに踵《きびす》を返してその場を離れた。

それを見計らったように秀清が口を開く。

「勘吉さんに、グッジョブとお伝えください」

「そんな、満面の笑みで……」

いつになく大きな秀清の声に桐宮が振り返ったが、戻ってきて文句を言う気はないらしく、遠くから秀清を睨《にら》むだけだった。

その日の夜、向日葵は自分の部屋で名刺ホルダーを取り出した。

樗賢にもらった名刺。今は『ハムスター王子』と『いい人』の他にもう一つ、『好き』という二文字を加えている。

向日葵は、名刺に書きこまれた樗賢のアドレスをスマホに登録していく。

このアドレスを今までスマホに登録しなかったのは、登録してあると、誘惑に負けてつまらないことをメールしてしまいそうな自分がいたからだ。

でも今日、樗賢自身からメールをしていいと言ってもらえたから、躊躇《ためら》うことなく登録できる。

——樗賢さんは、ハムスターの心配をしているだけなんだから、長文は迷惑だよね。

——必要なことを端的に……

向日葵は、短い文章にカゴの中のハムスターの写真を添付すると、メールを送信した。

◇　◇　◇

自宅マンションに戻った樗賢は、スーツの上着を脱ぎ捨ててソファーに沈み込むように座った。

秀清は、その上着を拾いハンガーに掛けると、自分の鞄《かばん》から茶色い封筒を取り出す。

「お疲れ様です。日中は彼女もいたので報告できませんでしたが、若からお預かりしていた名刺の持ち主が判明しました」

「思ったより時間がかかったな」

文房具店のショーウインドーを割った男の名刺は、その日のうちに秀清に預けた。仕事の速い秀清のことだから、数日中に男の素性を調べて報告してくると思っていたのに、一か月後の報告になるとは意外だ。

「名刺に書いてある名前も会社も全てデタラメでしたので、調べるのに時間を要してしまいました」

「その状態で、逆にどうやって調べたんだ？」

感心する槿賢に、秀清は「名刺を印刷した会社を割り出し、そこから依頼主を調べました」と説明する。

「○○商事課長、坂上幸弘《さかがみゆきひろ》。本名、澤田竜也《さわだたつや》。四十六歳で、傷害の前科がありますね。企業から金をもらって株主総会を荒らしたり、地上げ屋のようなことをしたり、そんなことで生計を立てているチンピラです」

「やっぱりな。金のためならなんでもするというのは自分のことだろう。それも脅しではないような気がしていたよ」

「トラブルを起こした時に、その場を誤魔化すためのデタラメな名刺を常備している。それだけトラブル慣れしているプロということでしょうね。若に何事もなかったようで幸いです」

そう胸を撫《な》で下ろした秀清は、「それで……」と渋い顔をした。

「この男を雇っている会社を調べたのですが」

「私の知っている者か？」

樗賢の問いかけに秀清は、「先ほど会いました」とため息を吐《つ》いて頷く。

「桐宮恭介の会社です」

「桐宮か。……どうも彼とは、奇妙な縁があるな」

「縁と言うほどのものはないですよ。奴が、身の程もわきまえずに若に絡んでくるから、記憶に残ってしまうだけです」

桐宮恭介は、樗賢と秀清が幼稚園の頃から通っていた某大学付属の幼小中高一貫校に中等部編入してきた。それなりに大きなゼネコン会社の跡取り息子である彼は、事あるごとに樗賢をライバル視して絡んできたのだ。

「身の程知らずのお山の大将なんですよ」

秀清は、冷ややかな笑みを漏らした。

樗賢ほどではないが裕福な家庭で育った桐宮は、小学校受験に失敗して地元の小学校に通っていた。そこではリーダー的な存在で、女子にも人気があったらしい。

そんな桐宮としては、必死に勉強して編入を果たした名門校で、華々しい学園生活を送るつもりだったのだろう。だが実際に入学してみれば、そこには自分より華やかな人間がいた。

学業、スポーツ、人望、その全てにおいて自分より優れている樗賢の存在を目の当たりにして、桐宮は嫉妬に荒れ狂い、ライバル心を燃やすようになっていた。その上、桐宮が好意を持った女子がことごとく樗賢に好意を寄せていたという事実も、彼の嫉妬心を助長している。

「どうしたものか……」

樗賢が唸《うな》った時、彼の上着のポケットの中からメールの着信音が聞こえた。秀清がスマホを取り出し、樗賢に手渡す。

「ああ……」

樗賢はメールの差出人を確認し、笑みを浮かべた。

――アドレスを教えてメールをもらうまで、半年以上かかったな……

その時間の長さに、向日葵にとっての自分の存在の軽さを思い知らされる。日々、向日葵に対する思いは募っていくのに、彼女が自分をその程度にしか思っていないのだから、どうしようもない。

「どうかされましたか？」

「なんでもない。プライベートなメールだ」

「そうですか……」

それはそれでずいぶん珍しいと静かに驚いた秀清は、一転「彼女からですか？」とニヤつく。

「お前に、それを教える義務はない」

「よかったですね」

相変わらずな秀清の態度にため息を吐《つ》く樗賢は、メールに添付されている写真に首を捻《ひね》った。

――写真を送ると言われたのだから、彼女の写真が送られてくるのかと思っていたが……

――これは、どう解釈すればいいのだろうか？

件名に「夏目向日葵です」と書かれたメールには、「元気です」という短い言葉と共に、頬袋を膨らませるハムスターの写真が添付されていた。

——相変わらず彼女の思考回路は、いまいち理解できない。

——だがそれが愛おしい。

「楽しそうでなによりです」

無意識に口元を綻《ほころ》ばせていた槫賢は、探るような視線を向けてくる秀清に咳払いし話題を戻した。

「桐宮の件、早急に手を打ちたいな」

「夏目家の土地を若が買い取り、彼女たちには今までどおりの生活を続けてもらうというのはどうですか？　庄野院家所有の土地と明言しておけば、あいつもそうそう手出しはしてこないと思いますが」

今日のパーティーでも、最初こそ向日葵に絡んでいたが、槫賢の存在を知ったとたん、明らかに怯《ひる》んでいた。無駄なプライドから虚勢は張るが、ショウノ・ホールディングスと本気で喧嘩する気がないのは明らかだ。

だが、槫賢は首を横に振る。

「そういう守り方は、彼女が望まないだろう。それに彼女が大切に思っているのは、彼女の家を含めた商店街全体……。その全てを守らなくては、彼女との約束を果たしたことにはなるまい」

唸る槫賢は、そのまま視線を落とすと、拳を作って顎《あご》を押さえた。

9　危ないお留守番

拝啓　梅雨寒《つゆざむ》の折、庄野院様にはますますご健勝のこととお喜び申し上げます。

本日は折り入ってお願いがございまして、筆を執《と》らせていただきました。

今月末の月曜火曜で、夫婦二人やむをえぬ理由で家を空けることとなりました。

されど孫娘一人を残して泊まりがけの外出も、気掛かり。

つきましては誠に申し訳ありませんが、庄野院様に留守宅の番をお願いできればと思います。

かしこ

六月某日　夏目京子

「本当に、あり得ませんから……」

「すみません」

六月最後の月曜日の夜。自宅の居間で、露骨に機嫌の悪い秀清を前に、向日葵はうな垂れていた。

一方、怒りの収まらない秀清は深いため息を吐《つ》く。

樗賢にこの日の夜のスケジュールを全てキャンセルするように命じられ、慌てて調整したのが三日前。全ての調整を終えた秀清が樗賢にその理由を聞くと、京子からの手紙を見せられた。

達筆な字で丁寧に書かれてはいるが、要は商店街の慰安旅行に勘吉と二人で出かけるので、その間向日葵と一緒に留守番をしていてほしいと頼んでいるのだ。

「庄野院樗賢その人に留守番を頼むなんて、常識的にあり得ません。貴女《あなた》の家族は、若の立場をどのように理解しているんですか？」

向日葵に当たってもしょうがないとわかっていても、腹の虫が治まらない。樗賢が電話のために席を外した隙に、つい強い口調で向日葵を責めてしまう。

「……私も昨日の夜に知ったんです」

対する向日葵も、この状況に困っていた。

慰安旅行と言っても、それぞれに店を切り盛りしている店主の集まり。月曜日の夕方、店を早仕舞いして出かけ、近くの温泉で一泊し、火曜日に少しだけ観光して夕方には帰ってくるのだ。だから向日葵は一人で留守番する気でいた。

それなのに昨夜になって突然、樗賢に一緒に留守番してもらうように頼んである、と京子から言われて焦った。

この話に向日葵以上に驚いた勘吉が「なにかあったらどうするんだ」と騒いでも、京子は「願ったり叶ったり」と意に介さないし、向日葵が樗賢に「一人で大丈夫です」と断りのメールを送っても、聞き入れてもらえない。最後には、樗賢が泊まるか、会社で契約している警備会社の人に一晩中警備されるかの二者択一を迫られてしまった。もちろん警備会社の人に、自宅をうろちょろされるなんてあり得ない。

「君のおばあさんは、なかなかの曲者《くせもの》だ。若に届く手紙は全て僕がチェックしているはずなのに、それをどうすり抜けて若の手に届けたのかわからない」

「すみません。……でもよかった」

何度も謝る向日葵がホッとしたような視線を自分に向けるので、秀清は首を傾げた。

「なにが？」

「昨日のおばあちゃんの話し方だと、樗賢さんだけが泊まるのかと思って焦りました。でもいつもどおり、高梨さんも一緒なんですね」

「えっ……」

いつの間に樗賢のことを名前で呼ぶような関係になっていたのだと驚いた秀清は、次の瞬間小さく『しまったっ！』と唸《うな》った。

付いて来るなと言われた覚えもなかったのでいつもどおり樗賢に同行したが、冷静に考えれば、今日は一緒に来るべきではなかった気がする。

思い返せばこの三日間、樗賢は何かを決めかねている様子で、今日の秀清の予定を確認したりしていた。向日葵との関係進展に未だ消極的な彼のことだから、一人で泊まりに行くべきか否《いな》かと悩み、運を天に任せるつもりで秀清の行動に口出ししなかったのかもしれない。

「どうかしました？」

「習慣とは恐ろしい……」

口元を手で覆って唸る秀清に、向日葵が心配げな視線を向けていると、電話を終えた樗賢が渋い表情で戻ってきた。

「若っ！　実は急用が出来まして、僕だけ失礼させて……」

今からでも向日葵と樗賢を二人きりにしようと秀清が腰を浮かせると、樗賢の背後からトオルが「ようっ」と顔を出した。

「店先で彼に会った」

軽く手を上げたトオルは、樗賢の脇をすり抜けて居間に入ってくる。そして立ち上がりかけていた秀清の隣に座り、背負っていたリュックを下ろした。

「今朝、勘吉さんがうちの店に来て、小遣いやるから今日はヒマの家に泊まってくれって頼んでったんだ。ヒマが一人で留守番するのが心配なのかと思ったら、他にもお客さんいたんだ」

樗賢と秀清の顔を確認したトオルは、秀清の耳元で「邪魔したなら、ごめんな」と謝った。

「君は、僕が……」

向日葵を好きだと、まだ誤解している。あまりに屈辱的な勘違いに、秀清は目眩《めまい》を感じてその場に尻餅をついた。

トオルは、そんな秀清にリュックから取り出した缶酎《かんちゅう》ハイを差し出した。

「まあ、今日はこれで許してくれ。樗賢さんもどうぞ」

「何故若に馴れ馴れしくしている」

秀清の苛立ちに気付かないトオルは「ヒマはこれだろ」と、梅酒サワーの缶を差し出した。

「ありがとう。……とりあえず、おつまみとか持ってくるね」

受け取った缶をちゃぶ台の上に置いた向日葵は、台所へと向かう。トオルは向日葵が戻るのを待たずに自分の分の酎《ちゅう》ハイを開け、一気に飲み干した。

「はぁっ、美味《うま》っ！　……ん？　どうかした？」

空《から》になったアルミ缶をクシャリッと握り潰《つぶ》して、トオルは樗賢を見た。

「なんというか君は、私たちがいなかったら若い女性の家に一人で泊まり、その上相手を酔わせる気でいたと……」

「ああ。相手がヒマなら問題ないから」

「なっ……」

「だって俺とヒマだもん。小学校の頃は、しょっちゅうお互いの家でお泊まりしていたし、お風呂だって小学校低学年の頃は一緒に入っていた仲だぜ。今さら、なんの問題もないよ」

トオルが、思い出話を楽しむかのように笑うので、樗賢は「ほう……」と頬を引きつらせた。

「なんというか……私は、生まれて初めて他人に殺意を感じたかもしれない」

「へ～。誰に？　あ、もしかしてお酒飲めない？」

新しい缶酎《かんちゅう》ハイを開封するトオルが、自分に向けられる殺意に気付く気配はない。

それどころか苦々しい表情で酎ハイを飲み干す樗賢に、好奇心に満ちた眼差しを向けている。

「バカは死なないと治らないと言いますし、若がお望みでしたら、必要な人材をいつでも手配いたしますよ。ちょうど僕も、その誰かさんに殺意を感じていますし」

秀清が、いつもの猫のような笑みを浮かべた。

◇　◇　◇

夜の九時を過ぎると、向日葵は樗賢に手伝ってもらって来客用の掛け布団を居間に運んだ。

「こうなると思っていたんだ。トオル、朝早くから市場の仕入れがあるから、いつも寝るの早いんだもん。夜更かしなんて無理だよね」

さっきは夜中まで遊ぶと騒いでいたくせに、トオルは早々に居間の畳《たたみ》に倒れ込むようにして寝てしまった。向日葵は、トオルの熟睡具合を確認するように、その頬を抓《つま》む。

「高梨さんも、いつも寝るのが早いんですか？」

不満げに向日葵の姿を眺めていた樗賢は、そんな問いと共に振り返られて、慌てて首を横に振った。

「いや。こんなに早く寝るなんて、普段ならあり得ない。酒に弱い方でもないし。疲れていたのだろうか？」

樗賢は、いつの間にか眠ってしまった秀清を気遣いながら、彼にも布団を掛けた。

「電気、消した方がいいかな？」

再度トオルの寝顔を確認していた向日葵が、樗賢に確認した。

「そうだな。……だがそれでは、私たちの居場所に困るかな」

「縁側で涼みませんか？　この時期なら、まだ蚊に刺される心配もないし」

部屋の灯《あか》りを消したら、そのまま向日葵が自室に引き返すのではないかと心配していた樗賢は、その申し出に快《こころよ》く頷いた。

◇　◇　◇

月と街灯の光を頼りに眺める庭は、水に濡れているような静けさがあった。

「もう少し飲みますか？　おじいちゃんの晩酌《ばんしゃく》用のですけど」

居間の照明を消し、薄暗くなった縁側で、向日葵は樗賢に缶ビールを差し出した。

「ありがとう。……夏目君がお酒を飲めるというのは、なんだか意外だな。しかもそこそこ強いみたいだし」

「おじいちゃんの血ですね。お父さんも、お酒強かったみたいだし」

向日葵は、樗賢と少し間を置いて縁側に腰かけ、自分もビールを飲んだ。チクチクした苦い液体が喉を通過すると同時に、頬が熱くなっていく。それがアルコールだけのせいじゃないことはもう知っている。

「ヒマワリ、育ちましたね」

二人で植えたヒマワリのシルエットが、濃紺の闇に黒く細長く浮かんでいて、その成長の程を物語っている。

「花が咲くまで、もうしばらくかかりそうだが」

「種の収穫は、その先になりますね」

――ヒマワリの種を収穫したら、私はクビになっちゃうのかな？

向日葵は、喉に詰まる言葉をビールで流し込んだ。

「君と一緒にお酒を飲む日が来るなんて、思ってもみなかった」

「そうですか？」

「子供だと思っていたのに……」

そう言って傍らの柱の傷を見やる樗賢を、向日葵は不思議に思って眺めた。

――なんだろう？

樗賢は時々自分を子供扱いすることがある。だけどそれは、年上だからということではなく、子供の頃の向日葵を知っているからではないか、と思う時がある。

――それにあの時……

以前、樗賢に頭を撫《な》でられた時、なにか思い出しかけたような気がしたのだけど。

――もう一回撫でてもらったら思い出すかな？

そんなこととても頼めないと思いながらも、視線はつい、樗賢の大きな掌《てのひら》を盗み見てしまう。

――アルコールで火照《ほて》った頰を、あの大きな手で包まれたら気持ちいいかな？

――頰を包まれて、王子様のキス……

「違う。違う」

アルコールの回った脳が生み出す妄想を追い払うために、向日葵は突然激しく首を振った。

樽賢は、そんな向日葵を見て尋ねる。

「どうかしたか？」

「お酒に酔ったみたいで、ちょっと変な空想していました」

「どんな？」

「ハムスターに関することです」

本当のことを言えるわけがない。向日葵はさらりと嘘をついた。

「ハムスターと言えば、私が贈ったハムスターは？」

「私の部屋にいます。見に来ますか？」

「今から？　二人だけで？」

薄闇に浮かぶ樽賢の目の中に、艶《つや》やかな光が揺れる。その光に、向日葵は息苦しさを感じた。

「やっぱり、今度にしてください。プリちゃん寝ていると思うから」

「プリちゃん？」

不思議そうに首を傾げる樽賢に、向日葵は『しまった』と口元を押さえた。

でも今さら隠しようがないので「ハムスターの名前です」と恥ずかしそうに答える。

「名前の由来は？　プリンみたいな毛色だから？」

「そんなところです」

ハムスター王子からもらったハムスター。だからハムスタープリンス。略して〈プリちゃん〉とは言えない。

「ふうん。で、どんな想像をしていた?」

飲んでいた缶を縁側に置いた樗賢は、前のめりに手を突いて向日葵に顔を寄せた。

「内緒です」

俯《うつむ》いて目を合わせないようにしていても、樗賢の香りが鼻をかすめると、頭の芯が熱くざわつくのを抑えられない。

「アルコールを飲むと人は本能に忠実になるというから、酔った夏目君がどんな想像をしていたのか気になるのだが」

からかう口調で話す樗賢の、アルコールを含んだ吐息が耳に触れた。その息遣いに肌がざわつく。

樗賢が少しずつ距離を詰めてくると、その存在感がより濃厚になった。

「酔っているのは、樗賢さんです」

もはやその距離感には息苦しささえ感じる。そんな向日葵の頬を、樗賢が両手で包んだ。

そうされれば、もう樗賢から視線を逸らすことが出来ない。そのうちに向日葵の視線は、つい樗賢の唇へと向いてしまう。

「確かに、酔っている。前にも話したとは思うが、私は自分の感情を表に出すのが得意ではない。だが酔っている今くらい、アルコールの力を借りて本音を言ってもいいかな?」

「あの……」

「君は、トオル君と仲良くしすぎだと思う」

「え？」

向日葵は、目をパチパチさせた。

「トオル君とは平気で触れ合うのに、私が触れると、君はいつもこうやって気まずそうに視線を逸らしてしまう……。私は、君に嫌われているのではないかと不安になる時がある」

容易に口付けが出来るような距離で、樗賢は不満げにため息を吐《つ》く。どうやら相当に酔っているらしい。

「嫌いなわけが、ないです。でも……トオルと樗賢さんは違うから」

トオルに触れられても、こんなに息苦しさを感じることはない。

「それは、どんな意味で？」

樗賢は、探るような眼差しを向けてくる。ずっと一緒に仕事をしてきて、向日葵が彼を嫌っているはずがないことぐらい承知しているはず。

――酔った勢いで、私をからかっているのかな？

――樗賢さんが、私とトオルのことを本気で嫉妬するわけがないよね……。こうやって、一人でドキドキしている私の反応を楽しんでいるんだとしたら……

「……意地悪」

こんなに自分をドキドキさせておいて、自分はハムスター第一主義なんてズルイ。

伝わることのないその思いがもどかしくて、向日葵は強引に首を曲げて樗賢から視線を逸らした。

「意地悪……？　私が？」

向日葵の頬を押さえたままだった樗賢は、強引に顔を上げさせ、再びその目を覗き込んだ。

「だって、こうやって気紛《きまぐ》れに私に触れて……。他に、もっと大事なものがあるくせに」

「他に大事なもの？」

――そうやってとぼけて、気紛れに触れられる私の気持ちを考えてくれない。

「……ズルイ」

言葉に出来ない思いを込めて呟《つぶや》く向日葵に、樗賢は嬉しそうに目を細める。

「他に大事なもの……というのは思い当たらないが、それは、気紛れでなければ君にもっと触れてもいいということかな？」

「え……っ」

樗賢の思わぬ解釈に、緊張して鼓動が加速していく。そんな向日葵に、樗賢はさらに顔を近づけて囁《ささや》いた。

「本当は、君のもっと深い場所にも触れたいと思っているのだが……」

焦る向日葵を、樗賢が突然抱きしめる。そうしてそのまま縁側に押し倒した。

「あの……樗賢さん……」

引き締まった樗賢の胸に肌を密着させていると、自分の鼓動がやけに反響して聞こえてくる。

――こんなに密着されたら、緊張しているのが樗賢さんに気付かれちゃう。

樗賢の本音がわからず、またからかわれているんじゃないかと焦る向日葵は、自分の気持ちを悟られないよう必死に樗賢の胸を両手で押した。

だが樗賢は、抱きしめる腕にさらに力を込め、離れようとする向日葵を押さえつける。

「黙って……」

「……」

ふと、そのまま動きを止めてしまった樗賢を見上げる。

彼は庭に険しい視線を向けていた。

その視線を追って庭を見ると、垣根の向こうを歩く人影が見えた。

——誰かな？

付近の住人しか使わない裏道なので、知らない人は通らないはず。しかも今日は、慰安旅行に出かけている人も多く、街に残っている人は限られている。

向日葵が暗闇に目を凝《こ》らしていると、その人影は夏目家の庭の前で立ち止まり、こちらを窺《うかが》っていた。その動きに不自然なものを感じた向日葵は、引き続き樗賢の腕の中でじっとそれを観察する。

「……」

「……」

人影の立つ位置からは、暗い縁側に横たわる二人の姿が見えないらしく、せわしなく頭を動かしてなにかを確認している。

向日葵たちが息を潜めていると、人影はふと納得したように頷き、突然姿を消した。

「消えた……」

「しっ！　まだそこにいる」

人影は消えたのではなく、垣根の向こう側にしゃがみ込んだだけだとわかった次の瞬間、闇にオレンジ色の灯《あか》りが揺れた。

灯りはゆっくり高い位置に移動する。

先ほどの人影が炎を手にして立ち上がったのだ。

「あっ」

オレンジ色の炎に照らされて浮かび上がる顔に、向日葵は息を呑んだ。

あの日、文具店に石を投げ込んだ男が、煙草のためというには大きすぎる炎を手に、悪意に満ちた笑みを浮かべている。

樗賢の腕の中で男の様子を窺っていると、その炎が向日葵の家に投げ込まれた。

炎は庭の片隅にまとめてあった落ち葉や枯れ枝に燃え移る。

――っ！

「君は動くなっ！　秀清っ！」

短く叫んだ樗賢は、縁側に横たわる向日葵を残して素足のまま庭に飛び出し、いっきに垣根を飛び越えていった。

向日葵が体を起こすと、樗賢が男を取り押さえようとしているのが見えた。

「若っ！」

「火はお前に任せた」

樗賢より一足遅れで、寝ていたはずの秀清も勢いよく庭に飛び出す。そして周りを見渡し、片隅に置いてあった竹箒《たけぼうき》で炎を叩いた。

「灯《あか》りと水をっ！」

呆然としていた向日葵は、秀清の声に立ち上がり居間の照明を灯した。急に明るくなったことで白くチカチカする視界に苛立ちながら、二人同様、裸足で庭に出る。そして蛇口の下に置いてあるバケツに水を溜め、秀清のもとへと駆け寄った。

秀清のおかげで炎は燃え広がっていない。その炎に水をかけると、紙と石油系燃料の燃えた臭いが鼻についた。秀清は、なおも燃えていた場所を竹箒で叩く。そして鎮火したのを確認すると、垣根の向こうへと視線を向けた。

向日葵も一緒にそちらを見れば、男の腕を捻《ねじ》り自分の下に組み伏せている樗賢と目が合った。

「警察を」

「樗賢さん……っ！」

ホッと安堵しかけた向日葵は、その直後、樗賢の腕から流れる血に息を呑んだ。よく見れば、右袖の肩近くが大きく裂け、そこから血が溢れ出している。

「若っ！」

垣根を押し分けるようにして樗賢に駆け寄った秀清は、二人の近くに落ちている血の付いたナイフを遠くへ投げ、樗賢に代わって男を押さえつけた。

暴れる男にまたがり、片手だけで男を押さえつける秀清は、もう片方の手でスマホを取り出し警察に電話を掛けた。

「坂上幸弘……もとい澤田竜也。本名も住所ももうばれている。雇い主もな。逃げたところで、すぐに足が付くぞ。下手に我々に追われるより、ちゃんと法廷で裁かれる方が君自身も幸せかと思うが」

恫喝《どうかつ》する秀清の声に、澤田は忌々《いまいま》しげに舌打ちをし、諦めたように大人しくなる。

樗賢は自由になった手で傷口を確認し、青ざめてその場に立ち尽くしている向日葵に向かって、笑みを浮かべた。

「……樗賢さん」

「問題ない。君の大事なものを守れてよかった」

宥《なだ》めるようにそう微笑まれても、止まる様子のない出血が事の重大さを物語っていた。

10　確かめた気持ち

「抗生物質と鎮痛剤です」

秀清が差し出す薬を、樗賢は先に渡されたグラスの水で飲み込む。

「鎮痛剤は、眠くなるから苦手なのだが」

「疲れている証拠です。仕事の調整はしますので、一週間は安静にしてください」

「たかが二針縫っただけだ。大げさすぎる」

自宅マンションのベッドで上半身を起こした樗賢は、不満げに息を吐いた。

「たかがチンピラ一人を相手に、二針も縫うような怪我をしたご自身を恨んでください」

秀清はしれっとした顔で、樗賢の不満をねじ伏せた。

——昨日は、刺された私より痛々しい顔をしていたくせに。

昨夜、駆けつけた警察官に澤田を引き渡した後、病院に搬送《はんそう》される自分に付き添った秀清の姿を思い出すと、あまり抗議するのも可哀想な気がする。

——今は、秀清の好きにさせてやろう。

——二、三日休んで、秀清の気持ちが落ち着いたら仕事に復帰するか。

勝手にそう決めた樗賢は、それ以上の抗議は諦めて話題を変えた。

「あの男は、どうなった？」

「警察の上層部に確認したところ、放火未遂は認めていますが、個人的な理由でイライラしてストレス発散のためにやったと主張しているそうです。その他最近あのあたりで起こった放火は否認しています。雇い主への義理は果たす主義のようですね。まあ、それが次の仕事に繋がると判断してのことなのでしょうが」

「桐宮の関与を認めず……か。放火のターゲットに夏目煎餅を選んだのは、この前の文房具店の一件で、自分に絡んできた彼女を狙ってのことだろうな」

桐宮が指示したとは思えない。暗にそう示す榑賢に秀清も頷く。

「虚勢は張ってもその実、小心者な桐宮です。彼が、ショウノ・ホールディングスの社員の自宅を名指ししてまで放火させるとも思えませんから」

桐宮建設に雇われ、今までじわじわと周辺住民への嫌がらせを繰り返していたのだろうから、しょっちゅう店番をしている向日葵のことも記憶の片隅にあったのだろう。

――だから顔を見せるなと言ったのに。

わざわざ身を乗り出して男に抗議した向日葵を止められなかったことが悔やまれる。

「あの男を捕らえたところで、所詮はトカゲの尻尾切りのようなもの。桐宮建設が、新しいチンピラを雇えば同じことの繰り返しになる。元凶の、用地買収を打ち切らせなければな」

「桐宮建設の狙いは商店街周辺の用地買収。澤田が夏目煎餅を放火のターゲットに選んだのは、個人的なことから。だとすれば、新たに雇われた者が同じような嫌がらせをするにしても、ピンポイントで夏目煎餅が狙われる可能性は低いと思います」

「確率の問題ではない。危険要素はゼロにしたい。……例の件は？」

「順調に根回しが進んでいます」

「急がせろ」

「はいっ。……でもさすが若と言いますか、なかなか面白いことを思いつかれましたね。桐宮がどんな顔をするか、見ものです」

秀清は、先日向日葵との約束を守るために、と樗賢が命じた内容を思い出したのか、にんまりと笑みを浮かべる。

——あの件は、秀清に任せておけば間違いないだろう。

そう納得した樗賢は、澤田が釈放された時のことを考えてため息を吐《つ》いた。

「後はあの男をどうするかだな。放火未遂に私を刺したことを含めたら、しばらくは世間に出てこられないだろうが……」

「彼女が心配だからという理由で、不安材料を全て社会から排除なさるおつもりですか？　いっそ彼女をどこかに閉じ込めて、若一人で独占すれば安心できるのでは？」

——油断すると、すぐにこういう態度を取る。

「……そこまで独裁的思想は持っていない。彼女の身の安全を確保できれば、それでいい」

樗賢が困ったものだと息を吐くと、秀清が心配無用と頷く。

「今、若が懸念《けねん》された件に関しては、すでに手を打ってあります」

「どのように？」

「奴の弁護士を通して、今後彼女とその周辺でなにか不穏な動きをすれば、彼と同種の者を雇い、澤田という男がこの世にいた痕跡を消すと伝えておきました」

「……」

「金で動く男だからこそ、この脅しの意味をよく理解しています。しかも依頼主が庄野院家となれば、これがただの脅しでないことは承知しているでしょう」

「……」

「とにかく、物の弾みとはいえ庄野院槫賢を刺したのですから、彼の身の安全は今後保証されませんよ。若が命じなくとも、他の誰かが澤田を消す可能性もあります。現に僕は、今すぐにでも澤田を始末してもいいと思っています」

「私は刺されたからと言って、法の領域を超えてまで相手に危害を加えようとは思わない」

物騒な発言に眉をひそめる槫賢に、秀清は承知していると頷く。

「もちろん。そのような事態になったとしても、それは全て僕の独断。若はなにも知りません」

「……私は、お前にそんな仕事をしてほしいとは望んでいない」

「……そんな顔しないでください。維新《いしん》の頃より、庄野院家の汚れ仕事も高梨家の仕事の内」

「高梨家が家令《かれい》として当家に仕えたのは昔のこと。お前まで、その歴史を背負う義務はない」

「生憎《あいにく》、この生き方しか親から教わっていませんので」

「しかし……」

樗賢の言葉を拒《こば》むように目を伏せた秀清は、樗賢がなにか言うよりも早く悪戯《いたずら》な笑みを浮かべた。

「そんなことより、昨夜は残念でしたね。せっかく彼女を押し倒したのに、キスの一つも出来なかったのですから」

「……？　――っ！」

一瞬、なにを言っているのかわからなかった。でもすぐに、あの時の秀清は、自分が呼ぶより前から起きていたのだと理解した。

「僕が、若より先に寝るわけないじゃないですか」

それを聞いて樗賢は赤面した。

「昨日の件には、僕にも反省すべき点があります。このままでは若が気の毒ですから、近い内に二人きりで過ごせるようにお膳立《ぜんだ》てさせていただきます」

秀清は今度は不敵な笑みを浮かべ、一礼して寝室を出ようとした。そんな彼を、樗賢は呼び止める。

「秀清。苦労を掛けるな」

「はい？　別に苦労など……」

「お前は、私が罪悪感を抱《いだ》かないよう、いつもそうやって人を喰ったような態度で本音を誤魔化してしまう」

一瞬、表情を崩しかけた秀清は、すぐに猫の笑みを取り戻し「買いかぶりすぎです」と肩をすくめた。

「こうやって人をからかうのは、僕の心からの楽しみです。それを誤解して、そんなお人よしな発言をしていると、本気で彼女をこの寝室に放り込んで、二人きりにして閉じ込めますよ」

どこまでが冗談で、どこからが本気なのか判断しかねる秀清の笑みに、樗賢はお手上げといった様子で両手を上げてみせた。

「私も男だ。そんなお膳立《ぜんだ》ては勘弁してもらいたいな」

あの時も、澤田の件がなければ、違う意味で向日葵を押し倒しかねなかった。しかし、あの一連の流れを秀清に見られていたとわかれば、澤田の件があってよかったという気にもなってくる。

「では、僕はこれで失礼します。若は、大人しく休んでください」

「はいはい」

降参した樗賢は、それでも部屋を出て行く秀清の背中に「ありがとう」と声をかけずにはいられなかった。

だが、扉を閉めた秀清が「寝室に放り込む……悪くないかもしれませんね」と呟《つぶや》いたことは知る由《よし》もないのだった。

◇　◇　◇

樗賢が刺された時、向日葵は、彼の腕から溢れ出す鮮血に心臓が止まるかと思うほどの衝撃を受けた。

『大丈夫』。そう微笑まれても、心の深い場所から溢れてくる恐怖をねじ伏せることは出来ない。

——あの時もそうだった……

両親の乗った飛行機が消息を絶った時、周囲の大人たちは『大丈夫』を繰り返していた。でも実際は、両親が向日葵のもとに戻ることはなかった。

『大丈夫』——その言葉を容易《たやす》く信じられるほど、自分は無邪気な人間ではない。

仕事帰り、コンシェルジュのいる天然大理石張りのロビーを抜け、エレベーターに乗った向日葵は、どんどん増えていく階数表示をぼんやりと見上げていた。

目指す樗賢の部屋は、マンションの最上階にある。マンションの中に招き入れてくれた秀清がそう教えてくれた。

樗賢が刺された日は、警察に事情を聞かれたり、勘吉たちに連絡を取ったりしていて、樗賢に付き添うことが出来なかった。そのためあの日からまる二日、彼の顔を見ていない。

——二針縫ったぐらいで、人が死なないのはわかっている。

自分にそう言い聞かせても、樗賢の姿を確認しないと安心できない。

そんな思いを抱《いだ》きながら向日葵は、樗賢の部屋のドアに秀清から預かった鍵を差し込んだ。

——高梨さんは「寝ているかもしれないので、ドアチャイムを鳴らさず合鍵で入ってくださ い」って言っていたから、これでいいんだよね？

秀清は「もし若が寝ていたら、寝室まで入って、安否を確認してください」とも言っていた。

——寝室に行くのは抵抗あるけど、樗賢さんの寝顔はちょっと見てみたいかも。

他人の家に合い鍵で入るなんて慣れない行為に戸惑いながら、向日葵は中の様子を窺《うかが》った。

夏目煎餅の店舗部分と同じくらいの広さがある玄関の先には、白を基調とした広い廊下が左右に伸びている。

——どっち行けばいいんだろう？

物音に注意しながら靴を脱ぎ、「お邪魔します」と小さな声で断りを入れた向日葵は、左の部屋からかすかに音が聞こえた気がして、そちらへと足を進めた。

灯《あか》りの漏れる部屋を覗くと、そこはリビングだった。

——樗賢さん。

聞き取れるギリギリのところまで音量を絞った音楽を聴きながら、樗賢がソファーで本を読んでいるのが見えた。

「秀清？　会社はどうだった？　彼女の様子は？」

人が部屋に入ってくる気配を察したらしく、樗賢が振り返った。

「おっ……お邪魔してます」

「夏目君っ！」

予想外の人物の姿に、樗賢は驚いて立ち上がった。

「高梨さんは下まで一緒に来たんですけど、急用が出来て会社に引き返しました。今夜はたぶん戻れないと思うって伝えてくださいとのことです。それと、代わりにこの書類を手渡して、ついでに樗賢さんの様子を見てきてほしいと頼まれました。あとお見舞いです」

歩み寄り、書類の入った袋と花束を受け取った樗賢は、中を一瞥《いちべつ》して大きく息を吐いた。

急ぐ必要のない報告書。それをわざわざ向日葵に運ばせた意味は……

「なにを考えているんだか……」

「あの？」

「……なんでもない。ありがとう。座ってくれたまえ」

――あまりいい内容の書類じゃなかったのかな？

樗賢の表情にそんな推測をした向日葵は、勧められるままにL字に配列されているソファーの端に腰かけた。

その斜め前あたりに腰かけた樗賢は、ジーンズに白のTシャツ、その上に着心地のよさそうな麻のシャツを羽織っている。休日に自宅でくつろいでいるといった風だけど、シャツの下の怪我を思うと痛々しい。

「傷の具合は、どうですか？」

「かすり傷だから気にするな」

「かすり傷は縫ったりしません」

「君との約束を守っただけだから、この程度の傷、気にする必要はない。それにあの時の行動は、私にしては、経済観念のしっかりした行動だったと思わないか？」

「え？」

「もしあのまま君の店や商店街が火事になっていれば、私は君との約束を守るために、商店街全部を建て直さなきゃいけなかった。それを思えば、こんな傷は安い出費じゃないか？」

「もう……」

呆れる向日葵に、樗賢は悪戯《いたずら》っぽい笑みを浮かべる。

「それでも君がこの傷を気にするのなら、手術でもして傷跡を消すから気にするな。とにかく、君の大切なものを守れてよかったよ」

「……傷を、見せてもらってもいいですか？」

「それで君が安心するなら」

向日葵が頷くと、樗賢はシャツのボタンを外した。

シャツを脱ぎTシャツ姿になると、右腕の包帯が露《あら》わになる。

「包帯も取った方が？」

確認する樗賢に、向日葵はまた頷いた。

樗賢が負った傷を、その痛みを、どうしてもこの目で確認しておきたい。

「あ……っ。私がやります」

利き手ではない左手で包帯を解《ほど》こうと苦戦する樗賢の姿に、向日葵は立ち上がり駆け寄った。

樗賢の隣に座り直すと、背の高い樗賢の腕に巻かれた包帯は、ちょうど向日葵の目の高さに来る。

その時、甘さを含んだ柑橘類《かんきつるい》のような匂いがした。

樗賢の匂いを間近に感じると、酔った彼が口にした台詞《せりふ》が蘇《よみがえ》る。

『本当は、君のもっと深い場所にも触れたいと思っているのだが……』

――あの言葉の意味って？

「どうかしたか？」

「なんでもないです」

向日葵は、言葉に出来ない思いに苦笑いを浮かべて、包帯を丁寧に解《ほど》いていく。そして下にあったガーゼをはがし、出てきた傷に眉を寄せた。

動きを止めた向日葵の頬に、樗賢の大きな手が触れた。

「どうして泣く？　君との約束を守ったのだから、泣かないでくれ」

「だって……」

いつの間にか涙が溢れていた。優しく頭を引き寄せられ、向日葵はそのまま樗賢の胸に頬を寄せる。胸の鼓動が聞こえるくらい密着すると、肌が甘く痺《しび》れた。

「樗賢さん……」

――緊張で死んじゃいそう。

このまま樗賢の胸で甘えていたいのに、体が変に緊張して落ち着かない。自分でもどうしたいのかわからず、体を硬くしながら彼の胸に頬を寄せていると、視界の端に傷ついた右腕が見えた。

――そういえば、樗賢さんに助けてもらうの、これで二度目なんだ。

高校生時代、この腕に守られたことを思い出す。向日葵は、あの日と同じ樗賢の匂いを感じ、大きく息を吐いた。

――でも樗賢さんは、あの日のことを覚えていないんだよね。

向日葵は意を決して口を開く。

「あの……私……高校時代に、初恋をしたんです」

今ならわかる。あれは自分にとって初恋だったのだ。

「相手は通りすがりのビジネスマンで、突然の地震で本が上から降ってくる中で、私を助けてくれたんです。その時……」

キスをした――と口にするのはさすがに恥ずかしい。

「……ちょっとしたことがあって、その人は私の中で忘れられない存在になりました」

「……」

「たぶん私は、あの日からその人のことが好きだったんです。でも当時の私は本当に子供で、自分が誰かに恋をするなんて想像もしていなくて……その時感じた思いが恋だって気付いたのは、ずっと後になってからでした」

精一杯の告白を終え、はにかみながら顔を上げると、樗賢の唇が向日葵の唇に触れた。

これも事故なのだろうかと目を丸くする向日葵に、樗賢が優しく微笑んだ。

「あの日も、こうやって顔を上げた君に、私の唇が触れてしまったね」

「あ……」

――私のこと、覚えていてくれたんだ。

自分一人が忘れられずにいると思っていたのに。樗賢の優しい眼差しに、それが勘違いだったことを気付かされた。それだけで胸が熱くなる。

「てっきり君は、私のことなど忘れていると思っていた。高校生の君から見れば、私はどこにでもいるただのサラリーマンだったろうから」

自信なさげに肩をすくめる樗賢に、向日葵は激しく首を横に振った。

樗賢が、『どこにでもいるただのサラリーマン』に見えるわけがない。もし周囲にはそう映っていたとしても、自分には特別な存在に見えたはず。

「私も……。樗賢さんから見れば、私なんてどこにでもいるただの高校生だから、忘れられていると思っていました」

「まさか。私が君を忘れるはずがない。……どうして、また泣くんだ？」

樗賢があの日のことを覚えていたのなら、さっきのキスは偶然の事故なんかではないのだろう。

「これは……さっきのとは違う涙です。ずっと樗賢さんは、あの日のことを忘れているんだと思っていました。おまけに樗賢さんは、いつもハムスターの心配ばかりしてたし」

「ハムスター……？　忘れているのは君の方だよ。それに君は色々勘違いしている気がする」

樗賢は、向日葵の顎《あご》を持ち上げた。

「……？」

再び触れる唇の感触に、向日葵は目を閉じた。

「樗賢さん……」

「――――っ」

「ん…………………くぅぅ」

さっきよりも強く唇を押し付けられ息苦しささえ感じるのに、その苦しさに溺《おぼ》れたいという欲求が込み上げてくる。

「私は、ずっと君にこういうことをしたいと思っていたんだよ」

一瞬、唇を離して囁《ささや》いた樗賢は、またすぐに向日葵の唇を求めてくる。その口付けに身を任せていると、顎を捕らえていた樗賢の大きな手が向日葵の細い首筋を辿り、鎖骨に触れた。

樗賢の指が、鎖骨の窪《くぼ》みを繰り返し優しく撫《な》でる。肌の薄い部分を執拗《しつよう》に刺激され、くすぐったさに身をよじる向日葵は、その下へと進もうとする樗賢の手首を両手で掴んだ。

そうして見上げてくる向日葵に、樗賢は少し悲しげな目をする。

「駄目か？」

「駄目じゃないです。……でも、条件があります」

「なにか欲しいものでも？」

問いかける樗賢に、向日葵は小さく「お金で買えるものじゃありません」と笑った。

「夏目君じゃなく、名前で呼んでください」

「向日葵」

そう呼ばれて、向日葵はそっと手を離した。

「……はい」

「向日葵、君を……君を愛している」

耳に触れる声に、肌が熱く震えた。樗賢の手が頬を包むと、それだけで息苦しい。それでも、向日葵は声を絞り出した。

「私も樗賢さんを…………キャッ」

愛している——そう言いかけたところで、突然体が高く浮き上がった。思わず小さく悲鳴をあげ樗賢の胸にしがみついた向日葵は、彼に横抱きで抱き上げられたのだと気付いた。

「樗賢さん……傷が開いちゃいます」

向日葵はそう言って彼の胸を叩く。

「暴れられると、傷が開く」

「うぅ…………っ」

向日葵が大人しくなると、樗賢は満足げに頷き、悠々と歩き出した。


広いリビングを抜けて廊下を進んだ樗賢は、その奥にある部屋の扉を開けた。

——夜空っ！　夜景っ！　え？　外？

目の前に広がる景色に、向日葵は息を呑んだ。

扉の向こうは、そのまま夜景と夜空が広がる外界に繋がっている——向日葵は一瞬そう錯覚する。けれど樗賢が暗い部屋を突き進み、柔らかい場所に自分を下ろしたことで、まだ室内にいるのだと気付いた。

——ベッド……

滑らかなシルクのシーツの感触を確かめながら上半身を起こす。

入ってきた扉の反対側を見れば、大きな一枚のガラス越しに夜景が広がっている。

向日葵は人工的な光の洪水に改めて息を呑む。自分が暮らす商店街が、この窓から見える夜景と同じ東京にあるだなんて信じられない。

「すごい……」

地上から見上げている時より見下ろしている時の方が、夜景は圧倒的な存在感をもって視界に飛び込んでくる。

景色に見惚れていると、樗賢が腰掛ける気配を背中で感じた。

「確かに、この部屋から見る景色は自分でも気に入っている」

「一瞬、夜空に投げ出されたのかと思いました」

「まさか。君は、いつも面白いことを言う」

楽しげに笑う声が、耳に触れる。

「……樗賢さん」

振り向くと薄暗い寝室の中で、夜景に照らされる樗賢の顔が間近に見えた。差し込む光の加減のせいか、その顔はどことなく艶《つや》っぽさを帯びていて、向日葵はドキドキしてしまう。

――樗賢さんがいつもと違って見える。……夜景のせい？

――私も、樗賢さんにはいつもと違って見えているのかな？

樗賢の目に自分がどんな風に映っているかを知りたくて、向日葵は彼の目を覗き込んだ。

そんな向日葵に、樗賢が顔を寄せる。

「樗賢さん……愛しています……ふぁぅっ」

樗賢に唇を塞がれるより一瞬早く、向日葵はさっき言えなかった自分の思いを口にした。そのことにホッと息を吐く向日葵の唇を、樗賢が優しく塞ぐ。

ベッド上で口付けを交わすことで、向日葵の鼓動は今まで以上に加速していく。

樗賢に軽く肩を押されると、向日葵は唇を塞がれたままベッドに倒れ込んだ。

「一つだけ、君にその覚悟があるか確認しておきたい」

樗賢が、唇を離して向日葵の顎《あご》を持ち上げた。

「……？」

セックスすることを理解しているのか確認しているのだろうか。

そう思っていると、樗賢が「私に愛を囁《ささや》くことの危険性を理解しているかい？」と付け足す。

「あの…………」

「ずっと君は私に興味がないと思っていたから、今までなにもしなかっただけだ。一度でも私に愛を囁くのなら、一生逃げられないという覚悟が必要になるぞ」

再び触れる唇は、向日葵の気持ちを確認するようにゆっくりと動く。

樗賢は顎に触れる指で下唇を押さえると、向日葵の口内に舌を侵入させた。

ねっとりと動く温かな舌の感触に戸惑い、呼吸を止めていた向日葵は、一旦離れた樗賢の唇からわずかに息が漏れているのに気付いて、自分もそっと息を吐き出した。

そして恐る恐る、檑賢の舌に自分の舌を絡める。クチュクチュと粘り気のある水音を鳴らしながら舌を動かし、わずかな唇の隙間から浅く息を吸う。

檑賢は、向日葵の舌が自分の口内に入ってくると、それを優しく噛むようにして捉《とら》えた。そして執拗《しつよう》に向日葵の舌の感触を貪《むさぼ》ってくる。

息苦しくなるまで舌を嬲《なぶ》られ続けていると、靄《もや》がかかったように思考が曖昧《あいまい》になっていく。

――どうしよう……怖い。

向日葵は、緊張のあまり檑賢の着ているTシャツの胸元にしがみついた。

「……？　……やめたくなった？」

向日葵の怯《おび》えを読み取った檑賢が、困ったように問いかけた。だが、向日葵は慌てて首を横に振る。

「……やめたくない。でも怖いです」

「怖い？」

「自分が……自分でなくなっちゃうみたいで」

口付けだけで思考が停止しかけているのに、これ以上のことをしたら、自分の心が檑賢に支配されてしまいそうで怖くなる。そんな不安を感じるのと同時に、そんな未知の世界を味わってみたいという欲求も向日葵の中に蠢《うごめ》いていた。

それをどうにか説明しようにも言葉にならず、向日葵はやっと消え入りそうな声で「こういうの、初めてだから」と付け足した。向日葵の告白に一瞬驚いた顔をした檑賢は、彼女の額に掛かる髪を後ろに撫《な》でつけながら優しく微笑んだ。

「大丈夫。君が……向日葵が、向日葵でなくなるわけがない。それに私も怖いのだよ」

「え？」

「向日葵に触れていると、向日葵のことしか考えられなくなる。まるで君に支配されていくみたいだ。……きっと私はもう、君なしでは生きられないよ」

柔らかい唇が、向日葵の形のいい額に触れた。

「………樗賢さん」

彼の唇の感触に、体の奥深くにある場所が疼《うず》く。

「愛している。……今ここで逃げ出さないのなら、もう離さないよ」

そう囁《ささや》いた樗賢は、そのまま向日葵に覆いかぶさった。両手で体を支え必要以上に体重を掛けないようにしてくれているけど、それでももう向日葵は逃げることが出来なくなる。

全身で感じる樗賢の重みとその匂いが、向日葵の思考を甘く痺《しび》れさせる。

「樗賢さん」

覚悟を決めて向日葵は体の力を抜き、掴んでいたTシャツから手を離した。

樗賢が再び唇を寄せてくる。触れる唇に、さっきほどの恐怖は感じない。それどころか樗賢の存在に体が満たされ、細胞の隅々まで支配されていく感覚が心地よかった。

――樗賢さん……大好き。

樗賢の唇はひとまず向日葵の唇から離れ、額と左右の頬に触れる。それからゆっくり首へと下がっていった。唾液で湿った唇が、粘っこい音をたてながら細い首筋を味わう。

「――あっ！」

初めての感覚に、向日葵は自分の肌が想像以上に敏感なことを知った。艶《つや》めかしく触れる唇に、肩が小さく跳ねる。

「大丈夫。力を抜いて」

首筋を撫《な》でた唇は、唾液の筋を残しながら耳元へと上がり、優しく囁いては耳たぶを甘噛みする。

「ああぁ……ぁ…………っ樗賢さん」

もう拒《こば》むつもりはないのに、それでも体が緊張してしまう。自分の意志では、上手く力を抜くことが出来ない。そんな向日葵にお仕置きするように、樗賢は彼女の耳たぶを少し強めに噛み、ざらつく舌で耳珠《じじゅ》を舐めた。

グチュッと、熱く湿った音に鼓膜を刺激され、向日葵は体に熱い痺れが走るのを感じた。

耳から首筋へと再び伝う唇は、温かな唾液の筋を肌に残していく。樗賢が付けたそれはすぐに熱を失い、空気と交じり合って向日葵の首筋をヒヤリとさせる。熱く火照《ほて》る肌に、その冷たさが心地よかった。

樗賢は首筋や鎖骨を舌で撫でながら、左手で体を支え、右手で向日葵の着ていたブラウスのボタンを外していく。やがて丁寧な手つきで胸元を広げ、背中に手を回し、ブラジャーのホックも外した。

上半身が露《あら》わになると、上質のシルクのシーツが向日葵の肌に触れる。無防備に晒された胸に樗賢の淫《みだ》らな吐息が触れると、向日葵の体は羞恥心《しゅうちしん》に震えた。

胸を隠そうとする腕を、樗賢が掴んで制止する。

「……恥ずかしいから、見ないでください」

向日葵は小さな声でそう訴える。仄暗《ほのぐら》いとはいえ、顔を寄せてくる樗賢には自分の胸が見えているだろう。

「駄目だよ。……君の全てが見たい。私がどれほど君を求めていたか、君は知らないだろ？」

樗賢は向日葵の手を取り、その手を自分の胸に当てた。薄いTシャツ越しに、樗賢の速い鼓動が伝わってくる。

「でも恥ずかし……」

「恥ずかしくない。私が、君をどうしたいと思っていたか教えてあげるよ」

「あっ……あぁっぁ！」

樗賢の唇が、向日葵の胸の先端に触れた。

クチュクチュと湿った音を立てながら胸の先端を舐められる感触に、向日葵は喉を鳴らす。

耳たぶや首筋とは比べ物にならないほどの強い刺激に、全身が熱く痺《しび》れた。

樗賢は向日葵の反応を確かめるように、乳房やその先端を丹念に舐め上げていく。

「くぅっ………っ噛んじゃヤダっ………」

双丘の上をねっとりと舌が蠢《うごめ》いていたかと思うと、不意に左胸の先端を噛まれた。そしてそれをころころと舌で転がされる。

執拗《しつよう》なまでに同じ場所を刺激されると、小さかった乳首がいつの間にか大きく膨らみ始めていた。硬くなった乳首を舌で転がしていた樗賢は、時折ジュバジュバと激しく音をたてながら、向日葵の胸にしゃぶりついた。

向日葵は背中を弓なりに反らせ、初めて味わう淫猥《いんわい》な刺激に身悶《みもだ》えた。

「はぅ……あぁ…………やぁっ」

粘っこくざらつく舌の感触に、吐く息も熱くなる。

自分でもこんな淫らな息遣いをすることに戸惑ってしまうけど、それでも呼吸を整える余裕がない。樗賢の舌の動きに翻弄されてひたすら喘《あえ》いでいると、いつの間にか樗賢の息遣いも荒くなっていることに気付いた。

「……向日葵……愛しているよ」

樗賢は、熱に浮かされたように向日葵の名前を呼んだ。そしてさらに荒々しくその乳房を求めてくる。

樗賢の唾液で湿った胸が彼の息遣いに触れてじんじんと疼《うず》く。向日葵の意思に関係なく、体がさらなる刺激を求めている。

「私も…………樗賢さんを……」

向日葵が荒々しく息を吐きながらそう言うと、樗賢は煩《わずら》わしげに自分の服を脱ぎ始めた。Tシャツを床に投げ捨て、ズボンとパンツも脱ぎ捨てる。

胸を翻弄され、虚《うつ》ろになった意識の中、カチャカチャとベルトの金具を外す音が聞こえた。向日葵は、この先にある未知の刺激を予感して、体が熱く疼《うず》くのを抑えられなかった。

服を脱いだ樗賢は、再び向日葵に覆いかぶさり、胸に口付けをした。

激しく鼓動する胸元に唇を這わせ、クチュクチュと湿った水音をあげてしゃぶり始める。

「あっ……あぁぁ…………ふぅっ」

チリチリした痛みを伴うほど激しく吸われ、向日葵は喉を鳴らす。

その粘っこい水音を聞いていると、その音に鼓膜が嬲《なぶ》られているように感じてしまう。

胸を襲う刺激は激しさを増し、やがて胸を中心に全身を包み込み、向日葵を甘い興奮に溺《おぼ》れさせていく。

向日葵は、もう樗賢のくれる刺激に身を任せて熱い息を吐くことしか出来なくなっていた。

やがて脳が酸欠になったようにぼうっとして、羞恥心《しゅうちしん》も麻痺《まひ》していく。

「もう………駄目っ………許してぇっ」

悲鳴にも似た声で喘《あえ》ぐ向日葵を、樗賢が小さく笑う。

「まだまだ足りない。私はずっと君に、もっと淫《みだ》らなことをしたいと思っていたのだから」

「あっ……」

向日葵の体の変化を読み取ったように、樗賢の手が下半身へと進む。スカートのホックを外した指は、そのままスカート、下着の順に脱がせていく。

体から下着が離れる瞬間、湿っていたそれが肌に張り付いていたのを感じて、向日葵は忘れかけていた羞恥心に頬を赤く染めた。それでも体は、わずかに腰を浮かせて樗賢が下着を脱がす手助けをしてしまう。

「…………樗賢さん………………っ」

熱に浮かされたように名前を呼ぶと、樗賢は向日葵に口付けをした。

それと同時に、樗賢の長い指が足の間に触れる。

そこに他人の指が触れるという初めての経験に、向日葵はヒュッと大きく息を呑み込んだ。その呼吸を唇で感じ取った樗賢は、向日葵の口内を舌で撫《な》でながら向日葵の秘部に指を這わせる。

未知の刺激に翻弄されて若干の潤《うるお》いはあったが、男性経験のないそこは、まだ緊張に固く閉ざされていた。樗賢は、自分の爪で向日葵の柔肌を傷つけないように注意しながらゆっくりとそこを撫でていく。

アンダーヘアーを指に絡めつつ優しく撫で続けられると、淫唇はやがて熱く疼き始める。

自分の緊張をあっさり解《ほぐ》していく樗賢の指の動きに、向日葵はただ短く淫らな息を吐くだけだ。

その息遣いが唇を通じて樗賢に伝わっているのだと思うと、また恥ずかしくなってくる。

「はぁ…………ぁっ……もう駄目っ…………」

向日葵は樗賢から唇を離し、横を向いて声を漏らす。

「手遅れだ。もう私を止められない」

「だって、声がっ…………っあぁ……っ！」

「向日葵…………もっと声を出していいんだよ……」

樗賢の唇は向日葵の喉を甘噛みし、再び胸へと向かう。そうして再び固く尖《とが》った乳首を吸い、指では向日葵の淫唇をやわやわと刺激していく。

「ヤァっ…………っ恥ずかしいぃ…………っあぁぁ」

樗賢の囁《ささや》きに煽《あお》られ、向日葵は胸に触れる感触に甘い声を漏らした。

自分のものとは思えない、鼻に掛かったような声に戸惑いを感じるけれど、樗賢の指先と唇は考える暇など与えてくれない。

「向日葵」

短く名前を呼んだ唇は、すぐに向日葵の胸元に戻り、激しい鼓動を確かめるように左の胸を這う。

その間も指は、わずかに潤《うる》む割れ目を刺激して、向日葵の感度を高めていく。

ゆっくりと丹念にそこを刺激する樗賢は、向日葵の内側から溢れ始める潤《うるお》いを指先で確かめると、淫唇を左右に押し広げ、指の先端をその奥に沈めた。

徐々に沈んでくる指の感覚に、向日葵は身悶《みもだ》えた。指先一本とはいえ、未知の刺激に膣内が激しく反応する。

「あぁぁ…………指が入ってくる……ヤァっ…………くぅっ」

自分の内側に、これほど敏感な部分があることを初めて知った。

向日葵は痛みを伴う強い刺激に足をバタつかせた。身悶える向日葵が堪《たま》りかねて樗賢の肩に噛み付くと、舌先に汗ばむ樗賢の肌の塩気を感じた。

――樗賢さんの味……

――私の全てが、樗賢さんに支配されていく。

「大丈夫。力を抜いて」

向日葵は、異物感に強張った体を解《ほぐ》そうと、そっと息を吐いて樗賢に従う。

「あぁっああ……あぁっ！　……………んっ」

樗賢が第一関節の辺りまで指を沈め、喘《あえ》ぐ向日葵の内側を探るようにゆっくりと指を動かした。

「あぁっ！　ヤダッ……怖いっ」

「大丈夫。怖くないよ。……私を信じて」

他人に内側から触れられるという感覚は、否応なく向日葵を過剰に怯《おび》えさせてしまう。

パニックにも似た反応を示す向日葵を宥《なだ》めるため、樗賢はその唇に口付けをした。

「うん……」

優しく触れる樗賢の唇に向日葵が体の緊張を解くと、彼の指が、再び向日葵の中へと沈んでくる。

時間を掛けて深く沈んできた指は、膣壁を撫《な》で、ゆっくり弧を描《えが》きながら動く。

「つはぁっ！」

ゆっくり加減しながら指が膣内を蠢《うごめ》く感覚に、向日葵は深い息を吐いた。

徐々に樗賢の指が自分の膣内に馴染んでくると、最初の刺激とは異なる淫靡《いんび》な刺激が向日葵の下腹部に広がる。

「んっ………あぁっ……はぁっ………」

「慣れてきた？　最初ほどは怖くない？」

樗賢は、熱に蕩《とろ》けたような眼差しをする向日葵の目を覗き込んだ。

かすかに頷くと、樗賢はゆっくり指を抜き出す。すると指に絡まっていた愛液が内ももに垂れた。

「濡れてきたね」

樗賢は囁《ささや》き、今度は指を二本、向日葵の中に沈めてきた。

「はぁっ駄目っ！　あああぁ――」

指が一本増えただけとは思えない刺激に、向日葵の中が激しく収縮した。

「大丈夫。……ほら、素直に感じてごらん。君の体は、頭で考えているほど、私にこうされることを怖がっていないはずだよ？」

甘く囁きながら、樗賢はゆっくりと指を動かしていく。

樗賢の言葉通り、やわやわと蠢《うごめ》く二本の指の感覚に体の奥が疼《うず》いて、恥ずかしいほど愛液が溢れ出してくるのがわかる。

「…………っはぁっ……うん…………」

向日葵は観念して、自分の体の反応を認めた。するとあやすように優しく動いていた樗賢の指が、徐々に激しさを帯びていく。

「はぁっ…………そんなに動かしちゃヤダぁ……うう……ん…………」

強弱をつけながら繰り返される動きに、息苦しくて意識が飛びそうになる。

そんな彼女の喘《あえ》ぎ声を楽しむように、樗賢は指を激しく抽送《ちゅうそう》させる。

「向日葵の中が、痙攣《けいれん》しているよ。……そろそろ限界？　我慢せずにイっていいよ」

――イって？

「あぁぁ――っ」

向日葵が、甘く囁かれた樽賢の言葉をぼんやりと頭の中で繰り返した瞬間、絶頂の快感が体を突き抜け、全身が大きく痙攣した。その後、押し寄せる脱力感に淫《みだ》らな息を吐く。

「……」

指が抜き出される感覚に、向日葵はこれがイくってことなんだと、ほうっと大きく息をつく。

「満足？」

そんな質問されても、頷くことなんか出来ない。これ以上は無理という思いと、もっと樽賢に満たされたいという相反する欲求が頭の中で渦巻《うずま》いていた。

それでも向日葵は、短い呼吸を繰り返しながら、自分から樽賢の唇を求める。樽賢がそれに応《こた》えると、自分の本心がどこにあるのかを確信した。

「……もっと」

――貴方《あなた》が欲しい……

羞恥心《しゅうちしん》を押し殺して囁く向日葵に、樽賢が頷く。

「入ってもいい？」

「……」

自分を見下ろす樽賢を見つめながら、向日葵もそっと頷く。まだ体に力は入らなかったが、樽賢が避妊具を装着する気配を感じ、瞼《まぶた》を伏せてその瞬間を待った。

「向日葵」

名前を呼ばれて目を開けると、樗賢が向日葵の足を左右に押し広げ、自分のものを熱く潤《うる》んだ秘部へと押し当てていた。熱くいきり立つ樗賢のものの存在に、向日葵はビクリと肩を跳ねさせる。

未通じの肉襞を押し広げ、樗賢の肉棒がゆっくりと向日葵の中に沈んでくる。

「んんんん……………あぁぁっ痛ぃっ」

肌を切り裂くように途中まで侵入してきた肉棒は、一度その動きを止めた。

「……なるべく痛くないようにするけど、少しだけ我慢して」

樗賢は、喘《あえ》ぐ向日葵の首筋に口付けをした。痛みに体を強張らせていた向日葵は、温かな唇の感触に恐る恐る体の力を抜いていく。すると樗賢は再び腰を進めてくる。

「あっっ！」

耐え切れず向日葵は唇を噛んで足をバタつかせた。だが樗賢の肉棒は、シーツの上を滑るシュルシュルという乾いた衣擦《きぬず》れの音を背に、さらに向日葵の中へと進んでいく。

少し進んでは少し後退する。

樗賢が、極力痛みを与えまいと気遣いながら、自分の中に入ってこようとしているのはわかる。

それでも自分のそこは燃えるように熱く、そして痛い。

「大丈夫？」

樗賢に確認されると、向日葵は少し考えてから頷く。

「…………はぁっ」

樗賢から与えられていると思えば、この痛みさえ愛おしく感じられることに気付いた。

向日葵が樗賢の背中に腕を回してしがみつくと、樗賢はゆっくりと最後まで奥に入ってきた。

壊れそうなほどの痛みに、意識が朦朧《もうろう》としてくる。それと同時に、体の奥で甘い痺《しび》れがかすかに波打つ。

思わずすがるように樗賢の唇を求めると、樗賢は思う存分それに応《こた》えてくれる。

その息も出来ないほどの濃厚な口付けに、頭は余計にくらくらしてくる。それでも向日葵の唇は、熱に浮かされたように執拗《しつよう》に彼の唇を求め続けた。

向日葵が唇に集中していると、不意に樗賢の腰が動いた。深く沈んでいた腰は少しだけ離れると、向日葵をゆるゆると突き上げる。

その摩擦に、向日葵は体を硬直させ、浅い呼吸を繰り返しながら耐える。

樗賢は、向日葵の体に自分の存在を慣らしていくように時間をかけて腰を動かした。

すると最初は強烈な痛みに支配されていた向日葵のそこが、じわじわと樗賢を受け入れていく。

「痛い？」

唇を離し、樗賢が再び確認してくる。

痛くないと言えば嘘になる。だけど今は、樗賢によって与えられるこの特別な痛みに支配されていたい。

「……大丈夫」

熱い息を吐きながら向日葵が答えると、樗賢はまたゆるやかな抽送《ちゅうそう》を始める。そうしているうちに、痛みとは異なる甘い痺れが向日葵の体を満たしていく。

「あっ！　ぁあっ！　んっ……」

樗賢の動きに合わせて短い喘《あえ》ぎを漏らしていた向日葵は、無意識に彼の体に自分の手足を絡め、その存在すべてを全身で感じようとしていた。

——樗賢さんと……

頭がおかしくなりそうなほど恥ずかしいのに、心のどこかではもっと淫《みだ》らな刺激が欲しいと望んでいる。

「んっ…………あっ……あぁぁっ」

喘ぐ向日葵の口を、樗賢が唇で塞ぎ、その口内を舌で撫《な》でた。

それに応《こた》えるように向日葵も舌を絡めると、下半身よりもずっと近い場所で、粘着質な水音が聞こえてくる。

「あっ…………んっ！　あっ！　……痛っ」

求められるまま舌を絡め、与えられる刺激に身を任せていた向日葵は、速度を上げた樗賢の腰の動きに体を強張らせた。

だけど、激しい痛みを伴うそれをやめてほしいとは思わない。

むしろ体を包んでいくこの甘い痺《しび》れに溺《おぼ》れていたい。

——どうしよう、樗賢さんに体の隅々まで支配されていく……

好きな人に抱かれるという意味を初めて理解した向日葵は、いつしか快楽を貪《むさぼ》っていた。

その思いを感じ取ってか、樗賢は向日葵をぎゅっと抱き締めながら腰を激しく揺らしていく。

耳元で聞こえる浅く小刻みな呼吸が、彼の興奮を伝えてくる。

「向日葵……」

熱を帯びた声で名前を呼ばれるだけで、限界まで敏感になっている肌がビリビリと震える。

樗賢が向日葵の鎖骨を舌で嬲《なぶ》った。

「あっ……！」

「…………っ…………」

不意の刺激に反応して、向日葵の奥が激しく収縮した。同時に樗賢も苦しそうに息を漏らす。

「樗賢さん……もう駄目っ！」

向日葵が苦しげな声をあげると、樗賢は向日葵を抱きしめる腕に力を込め、「私もだ」と囁《ささや》く。

そして一段と速いペースで腰を動かしていく。

「あっ！　ぁあっ！　んっ駄目っ！　樗賢さん……はっ」

「向日葵……っ」

擦《かす》れた声で名前を呼ばれた瞬間、限界まで膨張していた樗賢の肉棒が熱い欲望を吐き出すのを感じた。薄いゴム越しにも伝わるその感触が、向日葵の感覚を再び絶頂へと追いつめる。

「……向日葵」

樗賢は、愛おしげに名前を呼んで口付けし、そして名残惜《なごりお》しげに自分のものを抜き去った。

完全に抜き去られてしまうと、向日葵の胸に言いようのない寂しさが込み上げてきて、思わず樗賢の腕に指を伸ばす。

樗賢はその指を取り、そのまま掌《てのひら》に口付けをしてきた。

向日葵は、温かな樗賢の唇の感触をぼんやりした頭で受け止めていた。

――樗賢さんが、私のことを愛しているって言った。

年上で住む世界が違う人。そう思って諦めていた男性の腕の中にいることが、まだ信じられない。

もしかしたら、この時間の全てが夢なのかもしれない。

向日葵は押し寄せる疲労感に微睡《まどろ》みながら、そんなことを思っていた。

◇◇◇

――貴女《あなた》も若の一時《いっとき》の気紛《きまぐ》れとはいえ……

「――っ！」

頭の中に響いた秀清の声に驚き、向日葵の肩がビクリと跳ねた。

仄暗《ほのぐら》い闇に目を凝《こ》らすと、無防備な樗賢の寝顔が浮かび上がる。

――樗賢さん？　どうしてここに？

一瞬、頭が上手く働かなくて戸惑ったが、すぐに全身の気怠《けだる》さと下腹部の鈍痛に気付く。そこで初めて、つい先ほど樗賢に抱かれた疲労感に負けて、そのまま眠ってしまったのだと理解した。

――夢じゃないんだ。

ふと、左腕で自分に腕枕をしたまま熟睡する樗賢の頬に触れてみた。

指で撫《な》でると、艶《つや》やかだと思っていた口元に、かすかに髭《ひげ》の生えているのがわかった。

――お父さんの寝起きのほっぺたも、こんな手触りだったな。

愛おしげに少しざらつく頬を撫でた向日葵は、そのまま指を彼の右腕に滑らせる。そして傷の手前でその動きを止めると、悲しげに眉を寄せて静かにベッドを抜け出した。

時間を確認すると二十二時過ぎ。樗賢の部屋を訪れて三時間ちょっとしか経っていなかったことに驚いた。

――もっと長く一緒にいたと思っていたのに。

曖昧《あいまい》な時間の流れに驚きながら、向日葵は床に散らばる服を着た。

そして樗賢の髪を撫で、「さようなら」と呟《つぶや》きマンションを後にした。

◇　◇　◇

――二十二歳、社会人。

――会社の帰りに寄り道してもおかしくないよね？

向日葵は家に入る前に、自分のことを冷静に確認した。

今までこんな遅くに帰ったことはないから、京子や勘吉にその理由を聞かれたらどう説明しようかとしばし悩む。

けれど家に入ると、勘吉は晩酌《ばんしゃく》をして寝てしまった後。京子は京子でドラマに夢中で、向日葵に視線を向けることなく、「おかえり。お風呂、沸いているよ」と声をかけただけだった。

向日葵は、遅くなった理由を言わずに済んだことに安堵して、お風呂に入った。


──大丈夫。どこも変じゃない。

湯上がりに向日葵は鏡に視線を走らせる。樗賢に触れられて、細胞の全てが生まれ変わったような気がしていたのに、鏡の中にいる素顔の自分は、今朝となにも変わっていない。

それでも肌には樗賢に愛された感触が濃厚に残っている。

向日葵は、まだ鈍《にぶ》い痛みが残る下腹部を優しく撫《な》でた。それだけで、胸が苦しくなる。


もう一度見た目の変化がないことを確認して居間に向かうと、京子がまだテレビを見ていた。

「おばあちゃん、私、今の仕事辞めてもいいかな？」

ドラマが終わった後も、見るともなくテレビを点《つ》けていた京子は、鼻先に老眼鏡をずり下げて振り向いた。そして左の眉毛を吊り上げながら上目遣いに向日葵を見る。

「なんか、嫌なことがあったのかい？」

向日葵は素早く首を横に振った。

嫌なことはなにもなかった。好きな人と両思いであることが確認できたのだから、本当なら喜ぶべきことなんだけど……だけど、向日葵は素直に喜べない。

「じゃあ、なんで急に？」

「自信がないから」

「……」

ぽつりと呟《つぶや》く向日葵に、京子は重々しく息を吐いた。

「もし今の会社を辞めたとしても、ちゃんと他の仕事を探して、学費はちゃんと返すから」

向日葵がそう付け足すと、京子はもう一度ため息を吐《つ》いて立ち上がった。

そして隣の仏間に行き、なにかを持ってすぐに戻ってくる。

「これを……」

そう言って京子が差し出したのは、向日葵名義の通帳だった。

「これは？　……っ！」

向日葵が中を確認してみると、そこには驚くような金額が記載されていた。

「満作となずなさんの、事故の賠償金と生命保険のお金だよ」

大学の学費どころか、将来向日葵が払うことになる相続税を大幅に超える金額だ。

そんなお金が残されているなんて考えたこともなかった向日葵に、京子は「アンタに残されたお金だから、好きに使えばいいよ」と告げ、寂しげに眉を寄せた。

「アンタが大人になって、本気でやりたいことが見つかるまで預かっていたお金だ。これだけのお金があるんだ、お金のために無理して働くことはない。会社を辞めて店を手伝いたいのなら、そうすればいい」

「急にどうしたの？」

「別に、本気でお金を返してほしかったわけじゃないよ。ただ、あの二人が死んでから、アンタが誰とも深く関わろうとしないことが心配で、どうにかしたかっただけだよ」

「……」

よいしょ、と立ち上がった京子は、向日葵を静かに見下ろした。

「大学卒業して、就職して、それなりに頑張っていたのも知っている。その結果でアンタが選んだことなら、もう好きにすればいいよ」

そう言い残して、自分の寝室へと引き上げていく。

今の言葉が、向日葵の意思を尊重した上でのものだということはわかる。それは感謝すべきことだろうけど、何故か見捨てられてしまったような心細さの方が大きい。

向日葵は、通帳を元の場所に戻して自分の部屋に戻った。

11　素直な気持ち

向日葵を抱いた翌朝、樗賢は乱れたままのベッドを抜け出した。

昨夜、向日葵が部屋を出た気配は感じていたけど、鎮痛剤を飲んだ体が重くて、その背中を追いかけることが出来なかった。

おぼろげな記憶では、部屋を出て行く時に、向日葵が「さようなら」と口にしていたような気がする。

――話をするために、とりあえず会社に行くか……

秀清に配慮して今日も休む気でいたが、今はとにかく向日葵に会って話をしたい。

スーツに着替えてリビングに行くと、出社前に様子を見に来たのか、すでに身支度を済ませた秀清がいた。

「あっ若……。あ、こらっ！　まだ話は……」

誰かと電話中だったらしく、秀清は引き止めるような声をあげ、自分のスマホと樗賢を見比べた。

「誰からだ？」

どうやら途中で一方的に電話を切られたらしく、秀清はむっつりした表情でズボンのポケットにスマホをしまった。

「……夏目向日葵からです」

微妙な沈黙の後に、秀清が答えた。

「彼女は、なんと言っていた？」

「……仕事を、しばらく休みたいと」

「何故？」

意味がわからないと目を見開く樰賢に、秀清は言いにくそうに眉を寄せた。

「自信がないから……とのことです」

「自信？　なんの？」

重ねて問うと、秀清は宥《なだ》めるような声を出した。

「昨夜、彼女となにがあったのか知りませんが、仕事にしろ、若との関係にしろ、彼女には荷が重すぎたのではないでしょうか？」

「荷が重い？」

「庄野院家の次期当主と、下町の煎餅屋《せんべいや》の娘。育った環境が違いすぎますので」

「どうして……」

——長い時間をかけて、昨日やっと両思いであることを確認したのに。

樰賢はあり得ないと髪を乱暴に掻き上げた。

「若にとっても、彼女との恋は、所詮ひと時の戯《たわむ》れ。彼女を悪く言う気はありませんが、彼女の祖父母はなかなかの曲者《くせもの》ですし、これを機に夏目煎餅の関係者とは縁を切って、結婚を視野に入れた女性との恋愛を考えるべきかと」

向日葵との関係が駄目になったとしても、それはそれ。そう割り切って、もっとふさわしい相手に目を向けた方がよいと話す秀清に、樗賢が冷ややかな視線を向ける。

「秀清、私があまり物事に執着しない性格なのは知っているな？」

「もちろん。ですから、彼女のことも……」

その答えを遮《さえぎ》るように、樗賢は「その理由を考えたことがあるか？」と問いかけた。

「それは……若に物欲があまりないから」

「違うな。私が庄野院樗賢だからだよ。……車の鍵を」

「はぁ」

スーツの上着を羽織って身支度をした樗賢は、秀清が差し出す車の鍵を受け取った。

「私自身は本来、欲しいと決めたものをそう簡単に諦めるような人間じゃない。それに、庄野院家の人間である以上、欲しいものを諦める必要がないことも承知しているからだよ」

誰に迷惑を掛けようと、欲しいものは欲しいし、必ず手に入れる。

その意志の強さは、強欲という言葉を通り越して、狙った獲物を逃さない野獣の本能そのものと言っていい。

遺伝としか思えない内なる激しさが、今日のショウノ・ホールディングスの繁栄に繋がっていることは承知している。だが——

一度でもその獣《けもの》を表に出せば、歯止めがきかないという予感があった。その獣を野放しに出来るだけの権力も財力もあるのだから、なおさらだ。

だから今まで、獣を心の檻《おり》に閉じ込め、物事に執着しないように努めてきた。

――だけど、もう知ったことではない。

「若っ！　どちらへ？」

「……しかし」

「向日葵を私のものにする」

「言っておくが秀清。夏目向日葵を嫁に迎えることが出来なければ、庄野院家の血は私の代で途絶えるぞ」

「はいっ？」

「私は、彼女以外、他の誰とも結婚などしない。考えようによっては、私が生涯独身を貫けば、高梨家は仕える家がなくなり、自由になれるという利点もあるが」

「……そんな利点、必要ありませんっ！」

顔を引きつらせる秀清に、樗賢は不敵な笑みを浮かべる。

「冗談だ。私が、欲しいものを手に入れられないわけがないだろ」

「それは……それで……。若と彼女が結婚するようなことがあれば、夏目煎餅のあの二人が、若と縁戚関係になるということに……」

秀清は、冗談じゃないと激しく首を横に振った。

「そうだ。例の件、今日中に根回しを完成しておくように」

秀清の苦悩など気に留めず、樰賢は軽く手を上げてマンションを出て行った。

◇　◇　◇

「あっ、ハムスター」

向日葵は、古びた勉強机の引き出しの裏を見て驚きの声を漏らす。そこには油性マジックで動物の絵が描かれていた。

小さな頃に描いたのだろうその絵は、黒い団子鼻と、ピンッと伸びる髭《ひげ》のおかげで、辛うじて哺《ほ》乳類《にゅうるい》だと判断できる。それをハムスターと断言できるのは、その横に『ハムスターほしい』と、つたない字で書かれているからだ。

「ヒマ、ブラウスが皺《しわ》になるぞ。ていうか、行儀悪い」

店が一区切りついたらしく自分の部屋に顔を出したトオルは、上着だけそこらに脱ぎ捨てたスーツ姿で床に寝転がる向日葵を見下ろした。

「会社に行かないからいいの」

向日葵はベッドの端に足首を乗せたまま、不機嫌な視線をトオルに向けた。

「じゃあ、なんでスーツ着てんだよ」

トオルは、向日葵が読んで出しっぱなしにしていた漫画を拾って本棚に戻した。ついでにスーツの上着も、椅子の背に掛けてやる。

「……」

京子にあんな言い方をされた向日葵は、逆に、今すぐ会社を辞めるとは言い出せなくなっていた。けれど、どんな顔をして出社すればいいかわからず、会社に行くふりをして家を出て、そのままここで時間を潰《つぶ》している。さっき部屋に上げてもらう時に、会社が休みだから遊びに来たと嘘をついたので、今さら本当のことは言いにくい。

——なんだか、リストラされたことを家族に打ち明けられないサラリーマンのおじさんみたい。

——とりあえず、話題を変えて誤魔化そう。

「そんなことより、トオルって子供の頃、ハムスター飼いたかったの？」

「なんで？」

床に腰を下ろしたトオルは、向日葵が「ほらここ」と指した机の裏を覗き込んだ。

「ああ。……これを描いたのは、俺じゃなくてヒマだよ」

「え？」

予想していなかった言葉に驚く向日葵に、トオルは「覚えてない？」と聞いた。

「うん。全然、覚えてない」

「おじさんたちの事故が起きる前は、お前、ハムスターが飼いたいってよく騒いでいただろ。それで事故の後、勘吉さんがハムスターを買ってやろうかって聞いたんだけど、お前、誰かに買ってもらう約束したからいいって断ったんだぞ」

——そんなことあった？

少しの間悩んだ向日葵は、記憶の片隅になにか引っかかるものを感じた。

「……確かに」

すごくハムスターを飼いたいと思っていた時期があったような気がする。それで両親が、親戚の結婚式に行く際、一緒に行くと駄々をこねた向日葵に、結婚式から帰ったらハムスターを買ってくれると約束したのだ。

「ヒマ？」

突然ベッドから足を下ろして体を起こす向日葵の顔を、トオルが心配そうに覗き込む。そうして彼女の額に掛かる前髪を押し上げた。

「思い出した……。私、ハムスター欲しがってた。でもあの事故があって……」

衝撃や混乱の記憶の中で、あの頃の自分がなにを考えていたかなんて忘れていた。だが思い出してみれば、誰かにハムスターを買ってもらう約束をした気もしてくる。

「大丈夫か？」

おぼろげな記憶を辿る向日葵は、心配げに自分の額に触れるトオルの手を握った。

きっとハムスターの約束をしたのは、あの事故の日に、自分の手を握っていてくれた人だ。

「あの事故の日、私の手をずっと握っていたのは、トオルだよね？」

「……？　いや。事故の後、お前と会ったのはおじさんたちのお葬式の時だったから、俺じゃないな」

「じゃあ……あの日、私の手を握っていてくれた、大きな手は……」

「大きな手？　なら俺じゃないだろ。お前が六歳の時は、俺も六歳なんだから」

「確かに……」

小さかった自分の手を包み込むように握っていた大きな手は、ずっとトオルのものだと思い込んでいた。でも、よく考えれば向日葵が六歳の頃、同じく六歳だったトオルの手がそんなに大きいはずがない。

その矛盾に気付くと、ある人の顔がチラつき始め……

「お邪魔するよ」

不意に聞こえた声に向日葵の肩が跳ね上がる。もう聞くことはないかもしれないと思っていたその声に、恐る恐る入り口の方を見ると、スーツ姿の樗賢が立っていた。

「樗賢さん……」

思ってもみなかった人の登場に呆然とする向日葵の前で、トオルが「思い出した」と手を叩く。

「樗賢さんが、お前に会いたいって言って下に来てるって知らせに来たんだ」

「待ち切れなくて、お邪魔させてもらった」

遠慮なくどうぞとばかりにトオルは向日葵の前から体を退《ど》かした。それに頷きを返した樗賢は、大股《おおまた》で向日葵に歩み寄り、その前に屈《かが》み込んだ。

「樗賢さん、どうしてここに？」

「会社は、まだ休んでいる。だから、どこでなにをしようが私の勝手だ」

「そうじゃなくて……」

居場所は誰にも教えていないはずなのに。

そんな疑問を読み取ったのか、樗賢は驚く向日葵の手を取りながら「調べた」と答えた。

「どうやって？」

目を丸くする向日葵に、樗賢はニヤリと笑う。

「ショウノ・ホールディングスの力をバカにするな。私が本気を出せば、君一人の居場所を探し当てるくらい、造作もない」

「えっと……？」

「人を使うもよし、携帯電話のＧＰＳ機能を使うもよし……。まあ、気にする必要はない。君がその方法を知ろうが知るまいが、結果は同じこと。どこに逃げ隠れしようが、私は必ず君を見つけ出して捕まえる」

「そんな……キャッ」

樗賢は力強く向日葵の腕を引き、前のめりになった向日葵の腰に手を回す。そしてそのまま肩に担《かつ》ぎ上げて歩き出した。

「お邪魔したな」

「えっ！　ちょっと、トオルっ」

手足をバタつかせて、傍観するトオルに助けを求めた。対して樗賢は問題ないと言いたげにトオルに微笑んでみせる。

「仕事で失敗して、雲隠れしていた夏目君を迎えに来ただけなんだ」

「ああ。スーツ着て休みなんて、変だと思ったんだよ。まあ、大人になってから怒られると凹《へこ》むけど、悪いことしたなら素直に怒られてこい」

トオルは納得したとばかりに頷き、樗賢に担《かつ》がれて連れて行かれる向日葵を見送った。

「彼は、物事をよく理解しているな」

「私、仕事の失敗なんてしていません」

「でも、私にこれから怒られるのは確かだ」

「……怒って……ます？」

「当たり前だっ！　……しかも、他の男の部屋にいるなんて」

今まで聞いたことのないほど低い樗賢の声に、向日葵は担がれた体勢のまま身を小さくした。

商店街から駐車場に停めてある車まで連れてこられた向日葵は、まさに押し込められるように助手席に座らせられる。そして自ら運転席に座りエンジンを掛ける樗賢の姿を窺《うかが》った。

「なにか？」

怯《おび》えるような向日葵の視線に、車を発進させながら樗賢が問いかけた。

「なにか」と問われれば、言いたいことはたくさんある。

「傷は、大丈夫ですか？」

まず一番に気になることから確かめると、樗賢は「痛いよ」と顔をしかめた。

「じゃあ、なんで」

「捕まえておかないと、向日葵が逃げるから。だから私のことを心配してくれるのなら、君が逃げ出さないことが一番だ」

「……」

不意に名前で呼ばれて、心が疼《うず》く。それにそんなふうに言われてしまっては、むりやり逃げ出すことも出来ない。

諦めたようにシートに体を沈めた向日葵を見て、槫賢は満足げにハンドルを握り直す。

「どうして仕事を休んだ？」

「考えたいことがあったから……」

まだ機嫌が悪そうな槫賢の声に、身を縮めながら答えた。

「秀清に、自信がなくなったと話した意味は？」

「そのままの意味です」

「どうして？　昨日は、お互いの気持ちが確かに理解し合えたと思ったのに」

「だって……」

——それは昨日の気持ちであって、未来の槫賢さんの気持ちはわからない。

今の自分への気持ちが、秀清の言うとおり一時《いっとき》の気紛《きまぐ》れでしかないのなら、これ以上好きになった後で捨てられるという可能性も大きいのだ。そんなの苦しすぎる。

向日葵が、この気持ちをどう説明すればいいかと悩んでいる間に、車は都内の高級ホテルのエントランスで停まった。

「ここは?」

「私が一人になりたい時のために、常に借りている部屋がある。秀清にさえ教えていない場所だから、君を監禁しておくのにちょうどいい」

「えっ!」

物騒な言葉に戸惑う向日葵に、樗賢はシートベルトを外しながら「冗談だ」と不敵な笑みを浮かべて見せる。

「だが、君の答え次第では、それも悪くないかもな」

そんな本気とも冗談ともつかない台詞《せりふ》を吐いた樗賢は、向日葵を車から下ろして抱きかかえると、車の鍵をホテルマンに預ける。そしてそのまま人の目を気にすることなくエントランスを通り抜け、エレベーターに乗り込んだ。

エレベーターの扉が閉まると、樗賢は向日葵に荒々しい口付けをする。

「……………くっ………はぁっ」

大胆すぎる樗賢の行動に身動きすることさえ忘れていた向日葵は、長い口付けに息苦しさを感じてもがいた。樗賢は渋々といった様子で彼女の唇を解放した。

「私から逃げられると思うな。君を離さないと言ったはずだっ!」

情熱的な眼差しと柑橘類《かんきつるい》の香りに、向日葵は心の中で呟《つぶや》いた。

『逃げられない』ではなく『逃げたくない』と。

——この人に、一生囚《とら》われていたい。

そんなどこか危険な欲望に押し流されそうになっていると、エレベーターが停まる。

部屋の前でやっと向日葵を床に下ろした樗賢は、鍵を開ける間も片手で向日葵の手を掴んでいた。

力強い手が、向日葵を逃がさないと伝えてくる。

「とりあえず、手を離してください。逃げたりしませんから。よく考えたら、私、お財布もスマホも持ってきてないし。……ていうか、パンプスも上着もトオルの家だし」

ホテルの部屋に入っても繋いだ手を離そうとしない樗賢に、向日葵はそう訴えた。

だが彼はそんな向日葵を一瞬見下ろし、「いやだ」と一言だけ返して奥へと進む。

——こ、子供……

そんな樗賢の態度に、怒るよりも呆れてしまう。

でもそのおかげで少しだけ落ち着きを取り戻せた向日葵は、改めて周りの様子を見た。

——広い……スイートルームってやつなのかな？

——絨毯《じゅうたん》もふかふか。

旅行といえば修学旅行ぐらいしか経験のない向日葵には、ホテルの部屋といえば、狭いベッドと小さいテレビが置いてある、眠るための部屋という印象だった。

だけど樗賢に連れてこられた部屋には玄関らしきスペースがあり、その奥の扉を開けると、広い窓から開放的な景色が一望できる居室スペースが広がっている。そして中央には景色を楽しめるようにとソファーセットが配置されていた。

「とりあえず、私のどこが気に入らないのか教えてほしい」

三人は余裕で座れるソファーに向日葵を座らせた樗賢は、彼女の表情を確かめるように床に膝をつき、その手を握った。

「……一つは、樗賢さんが私のためにすぐ無茶をしちゃうから、一緒にいるのが怖くなるんです」

本屋さんで会った時も放火事件の時も、自分の危険を顧《かえり》みることなく向日葵を守ろうとしてくれた。そんなことを続けていたら、いつか樗賢は、もっと大きな怪我をしてしまうかもしれない。

「無茶をした覚えはないが……。他には？」

自覚がないところが怖いと、向日葵はため息を漏らした。

「他は…………こういうところです」

「え？」

向日葵は、室内をぐるりと見渡した。

「空にいるみたいなマンションに暮らして、時々一人になりたいからなんて理由で惜しげもなくホテルの一室を貸し切る。そんなお金の使い方をする人と、私が合うわけがありません」

「それが不満なら、すぐに全部引き払うが」

「そういう意味じゃなくて……」

「……ん？」

「育った環境が違いすぎるから、もし付き合っても、きっと上手くいかなくてすぐに終わっちゃいます。そうなったら、すごく辛いから……」

一生変わらない愛情を信じる強さが、自分にはない。そんな思いに、向日葵は視線を落とす。

「そんなこと……」

言いかけた樗賢は、手に雫《しずく》が落ちたのに気づいて言葉を切る。

顔を歪めて涙を堪《こら》えようとしていた向日葵は、さらに深く俯《うつむ》いて樗賢の視線から逃れた。

「だって、もう大事な人を失いたくないんです。……お父さんとお母さんが死んだ時、本当に悲しかったから……だから……もう二度と……」

大切な人を失って苦しむくらいなら、誰とも親しくしない方がいい。

そう思っていたから両親を喪《うしな》って以来、深く人と関わらないように努めてきた。

樗賢の下でなら、クビになる日が来るまで働きたいと思ったけれど、彼に体の隅々まで愛される喜びを知った今、突然それを失う日が来るのが怖い。

——またあんなに苦しい思いをするくらいなら、今ここで、樗賢さんへの思いを終わりにしたい。

それが一番、苦しくない生き方だからと、向日葵は自分に言い聞かせた。

「……気付かなくて、ごめん」

樗賢が、やっと向日葵の手を離した。

——私の気持ちを理解してくれた？

——だとしたら、これで樗賢さんとはお別れなのかな？

そう思うと、それはそれで泣きたくなる。

そんな向日葵の思いを否定するように、樗賢は腰を浮かせて向日葵を抱き締めた。

「……樽賢……さん」

「もっと早く、君に会いに来ればよかった」

「えっ？　……もっと早く？」

「誰かが君の側にいて、君が満足してるなら、それでいいと思っていた。だけど、それは間違いだった。もっと早く君に、絶対失われない存在があることを教えてあげればよかった」

「ずっと君を見てきた。さっきトオルの家までやってきたことを言っているのではない気がする。なんだろう。こんなに長い時間、君だけを見てきた私が、今さら他の誰かを好きになったりするはずがない」

向日葵を抱きしめる樽賢の大きな手が、向日葵の髪を撫《な》でた。

「あっ……」

「それにもし、君が私のことを心配してくれるのなら、別れるなんてもってのほかだ」

「え？」

「前に私は、君の大切なものは全て守ると約束したはずだ。君が側にいて私を大切に思ってくれるのなら、私は自分の身をもっと大切に扱う。だから私のために、私の側にいてくれ」

「そっ……」

そんなの屁理屈《へりくつ》です――そう言うよりも早く、樽賢の唇が向日葵の唇を塞いだ。

右手で向日葵の両手を掴んだ樽賢は、左手で彼女の後頭部を押さえてその唇を味わう。

「くぅっ………はぁっ」

向日葵が息苦しさからわずかに唇を開くと、樗賢の舌が唇を舐めてきた。樗賢の匂いと、激しく求められる口付けの感覚に、昨日の記憶が蘇《よみがえ》る。同時に女性としての淫《みだ》らな欲望が疼《うず》いた。

そんな変化を見透かしたように、樗賢は薄い前歯で向日葵の唇を甘く噛んだ。

「……っ」

ビクリと体を震わせたところで樗賢は唇を解放し、そのまま耳元へと唇を寄せてきた。

「私が嫌いで、傷付けてもいいと思っているのなら、私を突き飛ばして部屋を出て行けばいいよ。靴や帰りのタクシーなら、フロントで私の名前を告げればホテルの者が手配してくれるから」

「…………意地悪……」

向日葵が観念したように呟《つぶや》くと、樗賢が薄く笑う。

「言ったはずだ。私から逃げられると思うな」

口付けで湿った耳たぶに樗賢の吐息が触れ、向日葵は言いようのない感覚に肩をすくめた。思わず身をよじらせて距離を作ろうとしたけれど、両手首と頭を押さえられていてはどうすることも出来ない。

「くすぐったい……」

甘く肌を刺激する感覚に堪《こら》え切れなくなってそう訴えると、樗賢はその反応を楽しむように舌を突き出して耳を舐めてくる。クチュリッ、と湿った音が鼓膜を刺激する。

——やだ。体がゾクゾクする。

寒くもないのに鳥肌が立つ体を持て余して向日葵がもがくと、樗賢はさらに耳を攻めてくる。

耳たぶを甘噛みされ、舌でねっとりとした愛撫を繰り返されれば、体の力が抜けていく。

そんな向日葵の体の反応を見逃さず、樗賢は唇を向日葵の首筋へと移動させた。

「――はっ」

蠢《うごめ》く舌の感触に息を詰めていた向日葵が、思わず吐息を漏らす。すると樗賢は顔を上げて向日葵を見た。

「私にこうされることが嫌かい？」

「ずるい」

その笑い方で、彼が向日葵の本音を見抜いているのがわかる。

唇の愛撫だけでこんなに反応してしまう自分が恥ずかしくて、向日葵は樗賢を睨《にら》んだ。

「ずるいのは、君だよ」

「え？」

向日葵の頭から手を離した樗賢は、その手で向日葵のブラウスのボタンを外していく。

「私をこんなに夢中にさせた。……私を、ここまで強引にさせてしまったのは君の罪だよ」

――責任を取ってもらおう。

悪戯《いたずら》っぽい口調で囁《ささや》いた樗賢は、スカートのウエストからブラウスをたくし上げてボタンを全部外し、そのまま一気に脱がせた。シュルッと、上質な絹特有の滑らかな衣擦《きぬず》れの音を立てて滑り落ちたブラウスは、ボタンを外していない手首の部分で留《とど》まる。

「あっ」

上半身ブラジャーだけという姿が恥ずかしくて両手で胸元を隠そうとしたが、手首のブラウスが枷《かせ》になって上手く手を動かせない。

「ちょうどいい」

樗賢はどこか意地悪な響きのある声で呟《つぶや》いて、向日葵の背中に手を回す。そして手首のところでブラウスを団子状に縛った。

「えっ！　あの……？」

腕が余計に動かしにくくなったことに戸惑い、向日葵は不安げな視線で樗賢を見上げた。

「こうしておけば、逃げられない」

「えっ！　なに言っているんですか、こんな格好で、逃げるはずないじゃないですか」

だから解《ほど》いてください、とソファーの上で前屈みになって後ろ手に縛られた手首を強調すると、樗賢は向日葵の隣に座り、彼女の肩を掴んで自分の方を向かせる。そして楽しそうに問いかけた。

「一生？」

「はい？」

「私から一生逃げないと約束するなら、今すぐ解くよ」

「な……なに言っているんですか」

「本気だ」

樗賢は、剥き出しになっている向日葵の肩に唇を這わせた。

「——っ！」

肌を甘く痺《しび》れさせる刺激に向日葵は思わず目を閉じる。と同時に樗賢の手がブラジャーのホックに触れた。

一瞬強くブラジャーが引っ張られたかと思うと、次の瞬間、樗賢の手が忍び込み、向日葵の胸に直接触れた。そのまま大きな手で包み込むように揉みしだかれ、その刺激に反応して硬くなった乳首を、樗賢が指の腹で愛撫する。

恥ずかしさのあまり向日葵は樗賢の手を肩で押しのけ、ソファーに俯《うつぶ》せになって倒れ込んだ。

「緊張しているね。心臓がトクトク脈打っている」

だが樗賢は向日葵の背中から覆いかぶさるようにして、執拗《しつよう》に胸を刺激しながら囁《ささや》いた。

「だって……」

こんな姿で好きな人に触れられて、緊張しないわけがない。

恥ずかしくて言葉も出せずにいると、樗賢は向日葵の耳に口付けし、それから上半身を起こして自分の上着を脱いだ。そうして向日葵の肩を引いてソファーの上で仰向けにさせる。

「そういう顔をされると、君をもっと困らせたくなる」

そう囁いて、両手を拘束され抵抗できない向日葵に再び覆いかぶさった樗賢は、ブラジャーを半ば強引に押し上げて向日葵の頭を潜《くぐ》らせ、ブラウス同様、手首のあたりまで引き下ろした。

そして両手で向日葵の双方の胸を包み込むようにして押し上げ、激しく脈打つ向日葵の左胸に口付けをする。

「ぁ………っあ……」

敏感になっている肌には、一瞬、樗賢の唇が冷たく感じられた。その感覚に、鼓動がまた加速する。樗賢は、唇をゆっくりと向日葵の乳房の先端へと移動させていくと、小さく隆起しているそこを舐めた。

「こんな格好で、駄目ですっ！　ここはもう硬くなっているよ」

「そんなこと言う割に、ここはもう硬くなっているよ」

自分の体の変化を改めて教えられて、向日葵はぎゅっと瞼《まぶた》を閉じた。

樗賢は、そんな向日葵の瞼を親指の腹で撫《な》でると、その指を下へとずらし彼女の唇を押さえた。わずかに唇を引っ張り、前歯の薄さを確かめるように指を動かす。その指が舌に触れると、向日葵はかすかな塩気を感じた。

「ちゃんと見てないと、なにをするかわからないよ」

そんな脅しをされ、瞼を開けるべきか否かと悩んでいると、樗賢の唇がまた向日葵の胸に押し付けられた。

「あっ！　んぅんんぅっ……はっ」

ぐちゅぐちゅと卑猥《ひわい》な音をたてながら胸の先端をしゃぶられると、それだけで体の奥がジンジンと痺れる。あまりの刺激に彼を押しのけたいと思っても、両手が自由にならないのでどうすることも出来ない。

ただ身悶《みもだ》えることしか出来ない向日葵の反応を楽しんでいるのか、樗賢は舌で胸の先端を嬲《なぶ》り、ぎゅっと押しつけるように舌に力を入れてくる。そしてさっき耳たぶにしたように、甘噛みをしたかと思えば、白く弾力のある乳房全体を舐めたり吸ったりする。

「はぁ…………あぁっ…………………あっ」

加速していく刺激に耐えかねたように向日葵が薄目を開けると、樗賢と目が合った。

「私から、一生離れないと誓う気になったか？」

「……」

不慣れな刺激に翻弄され、頭が上手く働かない。向日葵がぼんやりしているうちに、樗賢は彼女のスカートのホックを外した。

「あっ！　ヤッ……っふぅっ」

拒絶の言葉は聞きたくないとでも言いたげに、樗賢は向日葵の唇を口付けで塞いでしまう。その間も向日葵を押しつぶさないよう左手で自分の体を支え、右手だけで向日葵の下半身を裸にしていく。

ストッキングや下着まで一気に脱がされ、ヒヤリとした空気やソファーの布がお尻に触れた。その感覚に、向日葵は足を固く閉じる。

だけど樗賢の大きな手は、そんな抵抗を許さない。

「…………くっ……」

内ももを撫《な》でて、足の付け根へと進む樗賢の指の動きに、向日葵の体が跳ねた。

やがてその指は向日葵の割れ目に沿って、ゆっくりと数回動く。

「もう濡れている。……駄目って言いながら、随分感じているね？」

彼の指の動きの滑らかさから察していたけれど、それを再確認させられた向日葵は恥ずかしそうに頷いた。

「それとも、もっといやらしいことをしてほしい？」

「キャッ」

向日葵の表情に欲望を煽《あお》られたように、樗賢は小さくほくそ笑むと、やや強引に向日葵を抱き起し、ソファーに座らせた。そして自分は、ソファーを降りて床に膝をつく。

急に上半身を引き起こされて中途半端な正座状態になった向日葵は、背もたれに体重を掛けてどうにか姿勢を保っていた。

樗賢は、そんな向日葵の左膝に口付けをしたかと思うと、やおら右足首を掴んで横に引っ張った。それから右足をソファーの肘かけに乗せ、そのまま自分の肘で押さえてしまう。

「あっ」

背もたれでバランスを取っているものの、手が自由に使えない状態では、とても不安定な姿勢だ。身動きできないほどのバランスの悪さよりも、大きく足を広げた卑猥《ひわい》な体勢がたまらなく恥ずかしい。

だけどそんな羞恥心《しゅうちしん》を訴えるより早く、樗賢の唇が再び向日葵の左膝に触れ、そのまま足の付け根へと向かってくる。

「…………あっ」

あられもない姿勢を取らされて敏感になっている肌に樗賢の唇が触れると、体の奥が熱く疼《うず》いた。

恥ずかしくて足を閉じようとしても、樗賢がそれを許してくれない。

それどころか向日葵がもがくのを楽しむように、ゆっくり向日葵の両足の奥に顔を近づけてくる。

「やぁっ……口でそんなところを……駄目………あっ………あぁぁっ」

秘所に口付けた樗賢は、粘着質な水音を立てながら、向日葵の潤《うるお》いを啜《すす》った。

ヌチャヌチャ、クチュクチュと淫猥《いんわい》な水音が、舌が触れる場所から聞こえてくる。

「こんなの……無理です。………嫌っ！」

昨日まで男性経験のなかった向日葵には、過激すぎる。だが樗賢は構わず、舌で秘所の入り口を舐めていく。

それは、指で撫《な》でられるのとは比べ物にならないほどの刺激だった。向日葵の奥からはどんどん蜜が溢れ出し、樗賢は、それを確かめるように丹念に舌を動かしていく。

熱く湿った樗賢の舌が、昨夜のセックスで出来た裂傷に甘くピリピリとした刺激を与える。

「やぁ……ぁ、駄目っ！　そんな奥まで舐めちゃ嫌………」

新たな刺激に耐えかねたように、向日葵は声を震わせながら懇願《こんがん》した。

しかし樗賢は、やめる気は毛頭ないらしく、より淫《みだ》らに向日葵の秘所に舌を這わせる。

樗賢の鼻が、向日葵の熱く膨らんだ蕾《つぼみ》に触れると、向日葵は鼻から抜けるような息を漏らした。

「あぁぁ……」

込み上げる快感に体が震えてくる。それを知っててか、樗賢はさらに強く向日葵の奥を舌で探った。

「ううぅ……はぁっ……奥に来ちゃやだぁぁぁっ」

立て続けに与えられる刺激に、向日葵は全身をガクガク震えさせた。

「向日葵のここ、熱く痙攣《けいれん》しているよ。……もっと弄《いじ》ってほしいって、言っているみたいだ」

囁《ささや》く樗賢は、そこにより丹念に舌を這わせる。

「あっ！　もう駄目っ！」

逃れようのない刺激に耐えかね、向日葵は悲鳴にも似た声をあげて背中を大きく反らせた。

全身を突き抜ける淫熱を帯びた痺《しび》れに、向日葵はやがてゆっくりと脱力し、ぐったりとソファーに崩れ落ちる。そんな向日葵の姿に、樗賢はやっと顔を上げた。

「イッた？」

樗賢は、乱れた向日葵の髪を掻き上げながら問いかけた。

向日葵が肩で息をしたまま返事も出来ずにいると、樗賢が自分の服を脱いで向日葵の隣に腰を下ろしてくる。と同時に大きく膨張している樗賢のものが向日葵の視界に入った。

「樗賢さん……」

後ろ手に腕を拘束され、脱力感で身動きできずにいる向日葵は、上擦った声で彼の名を呼んだ。

樗賢の激しさに、心も体も容易《たやす》く支配されてしまう。彼からは逃げられない。それ以前に本音の部分では、自分は彼にこうして捕まえていてほしかったのだと、ぼんやりした頭で感じていた。

「おいで」

樗賢は甘い声で囁きながら向日葵を抱き寄せ、自分の膝に乗せた。

「あの……」

向日葵は、軽々と自分を抱き寄せる樗賢を、不安げに見やる。

「私のもとを、一生離れないと誓うか？」

「……」

向日葵が観念したように頷くと、樗賢も満足げに頷き、彼女に短い口付けをした。そしてその唇を耳元に移動させ、甘く囁《ささや》いた。

「いい子だ。……では、続きをしようか」

「えっ！　今すぐ？」

「そうだ」

向日葵は、激しく首を横に振った。

「……そんな、無理ですっ」

たった今、あんな姿で達したばかりなのに。

焦る向日葵を気にすることなく、樗賢は脱ぎ捨てたズボンのポケットから避妊具を取り出して装着した。そして向日葵の足を広げると、ソファーに膝をつかせて自分をまたがせた。

そうすると、大きく開かれた向日葵の足の間に樗賢の雄が触れる。

さっき絶頂を極めたばかりで敏感になっている場所に、彼の体温は淫猥《いんわい》な刺激となって響いた。

「私はまだ満足していない」

樗賢の囁きに、満足しているはずの向日葵の体の奥が熱く疼《うず》いた。

「……あっ」

向日葵の腰に手を回し、軽く持ち上げた樗賢は、角度を調整して自分の肉棒を向日葵の中に沈めながら腰を引き寄せた。

「ヤッ……あっ…………あぁぁっ！」

内膜を擦《こす》るものの存在に、向日葵は背中を仰《の》け反らせた。

ザワザワと体に広がる甘美な刺激から逃れようと思わず腰を浮かせる。

だが樗賢はそれを許さず、さらに向日葵の腰を引き寄せた。その摩擦に、向日葵は喘《あえ》ぐ。

じっとしていた方が楽なのかもしれない――そんな思いが頭を掠《かす》めるけど、樗賢の存在感が強すぎてそれも出来ない。

どうしようもないもどかしさに身悶《みもだ》えながら、向日葵が膝に力を入れてまた腰を浮かせると、やはり樗賢が強引に腰を引き寄せてしまう。その繰り返しが、向日葵の体を熱く痺《しび》れさせていく。

「はぁ…………くぅ…………駄目っ！　あっ」

向日葵は、耐え難《がた》い快楽に天井を仰いで途切れ途切れの嬌声《きょうせい》を漏らす。そんな向日葵の喉元に、樗賢が口付けをする。不意の刺激に、向日葵の喉が「ヒュッ」と鳴った。

そんな向日葵の反応を楽しむように、樗賢は目の前の体に唇を這わせていく。

首筋、耳、唇、胸へと、樗賢の唇と舌が触れる度に、向日葵は喉を震わせた。

「君は、楽器のように喘《あえ》ぐな。……いやらしい子だ」

樗賢の囁きに、向日葵は恥ずかしそうに身をよじった。そんな反応を見た樗賢は、また愛おしげに肌を味わっていく。

その間も、向日葵と樗賢の腰は激しく擦れ合う。

グチュグチュと卑猥《ひわい》な水音の中で喉を震わせる向日葵は、熱に潤《うる》んだ眼差しを樗賢に向けた。

「あんっ…………はぁっ……はぁっ…………。樗賢さん、もう駄目……」

「限界？」

「…………うんっ」

樗賢の問いかけに、向日葵は苦しげに頷いた。

「じゃあ、自分でイってごらん」

「——！」

樗賢の言葉に向日葵は大きく目を見開いた。そんな向日葵に、樗賢は少し意地悪な笑みを浮かべる。

「私から逃げようとした罰だよ。……さあ、自分で腰を動かしてごらん」

「…………そんな」

戸惑いはしたものの、熱が体に籠《こも》って、疼《うず》きを誤魔化しきれない。

樗賢は、向日葵がソファーから落ちない程度に腰を支えるだけで、さっきまでのように自分の手で向日葵の腰を動かそうとはしない。

その間も向日葵の中は、絶頂を極めるための刺激を求めて疼く。

「今度逃げようとしたら、こんなものじゃ許さない。さあ自力でイくんだ……」

「………意地悪……」

しばらく熱く潤《うる》んだ眼差しを樗賢に向けていた向日葵は、耐えかねたように腰を動かし始めた。

少し腰を浮かしては、膝の力を抜く。

それだけで向日葵の全身に甘美な痺《しび》れが広がる。

「……あぁ……あっ……はぁっくっ…………っヤダ、感じちゃうっ」

「あっ……向日葵…………いいよ」

最初は戸惑いながら腰を動かしていた向日葵だったが、いつの間にかより強い刺激を求めてその速度を上げていく。そんな向日葵の動きに、樗賢も熱い息を漏らした。

「あぁっ…………樗賢さん……もう駄目っ！」

「いいよ。私も、もう限界だっ」

そして向日葵の絶頂に合わせるように、樗賢も己《おのれ》の欲望を吐き出した。

そのまま崩れ落ちる向日葵を、樗賢は強く抱きしめる。

脱力感で身動きの取れない向日葵の額に、樗賢の唇が触れた。

「私を怒らせると、どうなるかわかった？」

樗賢の問いかけに向日葵は頷くと、やがて物言いたげな視線を向ける。

「樗賢さん、実は、すごく強引でワガママ？」

「そのとおり」

反省する様子もなく認める樗賢は、向日葵の手首を拘束していたブラウスを解《ほど》きながら言葉を続けた。

「でも大丈夫。私がそんな本性を見せるのは、君の前でだけだ。君が黙っていれば、誰にもバレないし、誰にも迷惑がかからないから問題ない」

――二人だけの秘密にしてくれ。

そう耳元で囁《ささや》かれる。一瞬、〈二人だけの秘密〉という甘い言葉に頷きかけた向日葵だったが、途中で「ん？」と、首を捻《ひね》った。

「……」

――それって、私はこれからも樗賢さんに振り回され続けるってことじゃないの……

そう思ったけど、今はそのことについて考えるだけの気力が残っていない。

向日葵は、そのまま樗賢の胸で眠りについた。

12　約束

「どこに行くんですか？」

夕方、車の助手席に座らされた向日葵は、運転する樗賢の様子を窺《うかが》った。

「私の本気を見せようと思ってね」

ご機嫌な様子でハンドルを握る樗賢が答えた。

先ほどセックス後特有の気怠《けだる》い眠りから目覚めると、樗賢がどこかに電話をしていた。

「わかった」「ではアイツを呼び出しておいてくれ」「任せた」——そんな切れ切れに聞き取れた言葉から、誰かと会うことはわかるのだけど、それ以上のことはなにもわからない。

その楽しそうな表情から、目的地に着くまで聞いても教えてもらえないだろうと察した向日葵は、真新しいスーツの着心地を確かめるように自分の手首を眺めた。

今身に着けている新しいスーツやブラウスやパンプス。

樗賢の隠れ家であるあのホテルでは、電話一本で必要なものを揃えてくれると聞いたけど、誰がどうやれば向日葵に確認することなく、サイズも好みもピッタリな品物を短時間に揃えられるのかがわからない。

樽賢が走らせていた車は、向日葵がよく知っている場所で停まった。

「ここは……」

「ショウノ・ホールディングスだな」

短く答えた樽賢は、悪戯《いたずら》を楽しむ子供のような眼差しで、「さて、君を困らせている悪者を懲《こ》らしめるとしよう」と言って、付いて来るよう向日葵を促《うなが》した。

樽賢と一緒に専務室に入ると、既に中にいた二人の人影がこちらに視線を向けた。

——高梨さんと、もう一人は……

「桐宮さん？」

想像もしていなかった人物の存在に、向日葵は思わず半疑問形な声をあげてしまった。

「どうも」

桐宮は、向日葵と樽賢を前に、不服気に髪を掻き上げる。

「えっと……」

向日葵が反応に困っていると、樽賢が秀清が座る側のソファーに向日葵を座らせた。すると秀清が立ち上がり、自分の場所を樽賢に譲って桐宮の座るソファーの肘かけに腰掛ける。

「なかなか失礼な座り方だな」

桐宮が不満げに見上げると、秀清は双眸《そうぼう》を細め、皮肉に満ちた視線を桐宮に向ける。

「久しぶりに会う旧友の顔を、間近で見たいと思ってね」

「見下されている気分だ」

桐宮が露骨に不快感を示しても、秀清は座る場所を変えるつもりはないらしい。

「そう感じるのは、君の側にそう感じるだけの負い目があるからだろう」

「失礼な。……ところで今日は、なんの用があってこの忙しい俺を呼び出した？」

「忙しかったのか？　それは失礼。……ああ、そうか。君の会社が雇ったチンピラが、若を刺して捕まったから、その対応に苦慮《くりょ》していたのかな？」

「なっ！」

「え？」

頬を引きつらせる桐宮と一緒に、向日葵も驚きの声をあげた。

チラリと視線を向けると、槢賢はそのことを承知していたらしく表情を崩さない。

「澤田竜也、四十六歳。本業……といって差し障《さわ》りがないのであれば……総会屋であると同時に、企業から金をもらって汚れ仕事を請け負う何でも屋。そんな彼に、とある地域の土地を買い占めるため、住人たちに嫌がらせをするよう依頼したのが桐宮建設。君の会社だ」

「なんのことだ？」

とぼける桐宮を、膝の上で両手を組み、前屈みになった槢賢が睨《にら》んだ。

「人を雇い、嫌がらせを繰り返すことで、じわじわと住人たちを立ち退きへと追い込む。桐宮建設がそんな荒っぽい手口で、隅田川周辺の土地を買い漁《あさ》っていることは調べがついている」

「レトロだ。昭和の手法ですね」

樗賢の言葉に、秀清は拍手をして茶々を入れる。

「確かに先行投資として、再開発計画で地価が上がり始めた地域の買収を進めているのは事実だ。だがなんの証拠もなく、庄野院を刺した男と繋がっていると決めつけるのは、言いがかりもいいところだと思うが」

桐宮は胸を反らして鼻を突き出すように話す。

証拠を示さなければそんな話は認めない。そう言いたげな桐宮の態度に、向日葵は頬を膨らませた。

「虫食いの葉っぱのように、とびとびに用地買収しているとは……。虫けらのような会社は、用地買収のやり方も虫のようですね」

「なにをっ！」

「秀清、そこまでいうのは失礼だろ」

秀清を窘《たしな》める樗賢の声は、静かな怒りに満ちている。もちろんその怒りの矛先は、秀清ではない。

樗賢の声のトーンに慄《おのの》く桐宮は、その声の主に「君に異論があるのであれば、どの程度の圧力まで
なら君の会社が耐えられるのか試してもいいが？」と問いかけられて首をすくめた。

「虫けらのごとき会社なら、ショウノ・ホールディングスに圧力をかけられたら、ひとたまりもないでしょうね」

「……」

からかうように笑う秀清に険しい視線を向けたものの、桐宮が反論することはなかった。

そんな桐宮の態度に満足したのか、樗賢は静かに頷く。

「では本題に入ろう。君を呼び出した要件なのだが、単刀直入に言えば、その地域の用地買収をやめてもらいたい」

「なに？」

思いもしなかった話に、桐宮が怪訝《けげん》そうに眉を寄せる。

「私を刺した男は、金をもらえれば誰の依頼でも引き受けるそうだし、証拠もなく君を追及するつもりもない。私の希望はただ一つ、あの地域から手を引いてくれることだ」

「ふうん」

樗賢の「追及するつもりはない」という言葉に安堵の表情を浮かべた桐宮は、ふと値踏みするように周囲に視線を巡らせた。そして意地の悪い笑みを浮かべて、「いいだろう」と頷く。

「庄野院、お前が俺に土下座《どげざ》して頼むのなら、その願いを聞いてやってもいいよ」

「なっ！」

「なに言っているんですかっ！」

秀清が声を荒らげるよりも早く、向日葵が立ち上がった。

「これは俺と庄野院の話し合いだ。一社員でしかないお前には関係ない」

桐宮が向日葵に侮蔑的《ぶべってき》な視線を向けると、秀清が「ああ～ぁ」と同情的な声を漏らした。

樗賢は、小さな拳を怒りで震わせる向日葵の袖を引いて座らせると、入れ替わるように立ち上がった。

「なるほど。では私が土下座《どげざ》をすれば、約束するかな？」

「さあな。お前が、本当に土下座してから考えるよ」

意地悪く肩をすくめる桐宮を見下ろし、樗賢は「君なら、そう言うと思ったよ」と笑う。そして
スーツのポケットからスマホを取り出した。

「ちょっと電話をさせてもらうよ」

「ああ……」

桐宮が頷くと、樗賢はどこかに電話を掛けた。

「お世話になります……はい。ああそうですか、間に合いましたか。…………はい。すみませんが、
電話を代わりますので、本人に直接そのことを伝えてもらってもいいですか？」

電話の相手と言葉を交わしていた樗賢は、桐宮にスマホを差し出した。

桐宮は怪訝《けげん》な表情でそれを受け取り、電話の相手と話し始める。

「……？」

状況のわからない向日葵が樗賢を見ると、彼は優しい笑みを浮かべた。

「大丈夫。君の大切なものは、私が守るから」

樗賢の囁《ささや》きを打ち消すように、桐宮が「ふざけるなっ！」と声を荒らげた。

「どういうことだっ！」

桐宮が投げつけるように返したスマホを、樗賢が素早く受け取った。

「電話での説明のとおりだ」

「……？」

唇を噛む桐宮を見下ろしながら、秀清が向日葵に説明を始める。

「つい最近、若が気紛《きまぐ》れに貴女《あなた》の家の近くの土地を買ったんですよ。そうしたら驚くことに、その敷地から古そうな土器が発掘されました。そこで念のため、若の運営している財団の支援を受けたことのある考古学者に見てもらったんです。するとその彼が、歴史的に重要な資料になるかもしれないと大騒ぎし出しまして。今の電話はその考古学者です」

「彼があまりに熱心に訴えるので、ショウノ・ホールディングスと縁のある文化庁の役人を紹介してやったのだが、そちらも学者の彼と同意見で、その界隈を『遺物包蔵地分布図』や『遺跡分布図』に登録すべきか否かの調査をすべきだと上に陳情《ちんじょう》したそうだ」

補足する樗賢に、秀清はしたり顔で頷く。

「彼はよほど熱心に訴えたのでしょうね。お役所仕事としては異例の迅速《じんそく》さで、その地域が保護に値《あたい》するか否かの調査を始めることが決定されました。……まあただ、所詮はお役所仕事。今後、調査が滞《とどこお》ることもあるかもしれませんね」

秀清の言葉に樗賢が満足げに頷く。

「私もせっかく買った土地が調査のために当分使用できなくなるのは残念だが、文化財の保護は国民の重要な責務。快《こころよ》く土地を提供する所存だ。もちろん、桐宮建設が保有している土地も調査対象になるぞ。下手したら、再開発の波が去って再び地価が下がる頃まで、土地が塩漬けになるかもな」

にんまり猫の笑顔で見下ろしてくる秀清を見て、桐宮が歯ぎしりをした。

「お前たちが仕組んだんだろ……」

「まあ確かに、庄野院家の支援を受けている陶芸家に古代風の焼き物を作成させ、どこかの秘書が悪戯心《いたずらごころ》から若の買い上げた土地に埋めた、なんてことはあり得ますね」

「……どこかの秘書は、高梨、お前のことだろ」

「さあ？　想像の話をしているんですよ。そして彼が悪戯心で埋めた土器が偶然掘り起こされ、それを見た考古学者たちが、勘違いして騒ぎ立てている可能性がなくもないですね。でも……証拠もなくそんな言われ方をされるのは、言いがかりもいいところだと思いますが」

秀清はさっきの桐宮を真似て、胸を反らし鼻を突き出すようにして話す。

「わざと、やっただろ？」

「まさか。……でも、もし僕がその悪戯の犯人なら、ここまで事が大きくなってしまっては、真相を打ち明ける勇気が出ないので白《しら》を切り通しますね」

「もしそうだとしても、友達同士の悪戯が発端。刑事事件に問われることはないから安心するといい。人を雇って、放火未遂や傷害罪を起こすのとは、事の重大さが違う」

秀清の言葉に、樗賢もフォローを入れる。

「なにが目的だ？　そんな捏造《ねつぞう》みたいなやり口、すぐに見抜かれるぞっ！」

桐宮が噛みついたが、樗賢は動じることなく静かに目を細めた。

「その頃には、該当地域が歴史的景観保全地域になるとの情報を掴んでいる。建築物の高さ制限などが設けられては、桐宮建設お得意のビルやマンションが建設できなくなるな」

「どこまで根回しして、俺の仕事の邪魔をする気だっ！」

桐宮が腰を浮かせて怒鳴ったタイミングで、彼の足元に置いてあったビジネスバッグから電話の着信音が聞こえてきた。

発信者の名前を確認した桐宮は、話の腰を折られたことに舌打ちしながら電話に出る。

「……なんだ？　急ぎの用か？」

苛立った声で話す桐宮は、電話を耳に当てながら数度頷くと、表情を一変させた。

「国税？　……澤田が話した？　何故アイツが、我が社のそんな裏事情を……？　別の弁護士が付いて、接見できない？」

秀清が、桐宮の顔を覗き込みピースサインを作ると、桐宮が乱暴に電話を切った。

「お前らの仕業だなっ！」

「なにを？」

「金で動く男とは、便利なものだ。金を積めば、簡単に私の手駒《てごま》になるのだから」

二人の態度から、樗賢を刺した男に金を渡して、彼に桐宮の会社にとって不都合な証言をさせたのだということは向日葵にもわかった。

目が合うと樗賢は、大丈夫というように頷き、桐宮を見た。

「では早急に会社に戻らなくてはならない君のために、この話し合いの結論を出すとしよう。あの地域の土地買収から手を引いてほしい。断ってもいいが、その際は澤田が新たに不都合な証言をするぞ」

「……」

「代わりに、桐宮建設が既に買収したあの界隈の土地は、私がお前の言い値で買い取ってやる。あれらをお前が所有しているのも不愉快だからな。……この辺で頷いておかないと、本気で桐宮建設を潰《つぶ》すぞ」

槢賢の言葉に、頭を抱えソファーにうな垂れていた桐宮が、しぶしぶといった様子で頷いた。

「どうせこれから追徴課税や罰金で金が必要になるんだから、賢明な判断ですね」

「うるさい高梨っ！　いつか復讐してやるから、覚えとけよっ！」

桐宮は、茶化す秀清を押しのけるようにして立ち上がると、乱暴にビジネスバッグを掴んで出口へと向かった。一瞬バランスを崩しかけた秀清だったが、振り向いて桐宮の名前を呼ぶ。

「そうだ桐宮っ！　君が人を雇って、庄野院家の次期当主に怪我をさせた。庄野院家に恩義を感じている者の中には、そんな証拠のない僕のホラ話だけで、思い切った報復に出る者がいるかもしれない。……それ以前に、僕が金で人を雇わないとも限らない」

「……」

「喧嘩を売る相手は、己《おのれ》の身の程をわきまえて選べ。……前に君が口にした台詞《せりふ》だったな。……これは旧友としての助言だ。誰を敵に回しているか考え、今後は、夜道の一人歩きは控えろよ」

冷ややかな秀清の視線に頬を引きつらせながら、桐宮は無言で部屋を出て行った。

「私は、そこまでは望んでいないが」

扉が閉まると、樗賢が秀清を窘《たしな》めた。

主《あるじ》に向き直った秀清は、「当然です」と肩をすくめ、にんまり猫の笑みを浮かべる。

「僕だって面倒臭いから、そこまでしませんよ。でも小心者の桐宮のこと、これでしばらくは一人で勝手に怯《おび》えて過ごすでしょうね」

「お前は……」

呆れる樗賢に、秀清は不満げに息を吐いた。

「僕は今、受け入れがたい現実を前に、苦悩しているんです。このくらいのストレス発散でもしないと、アイデンティティが崩壊します」

チラリと向日葵に視線を向けた秀清は、「あの二人が、庄野院家の縁戚……」と、声を押し殺して唸《うな》った。そうしてしばらく頭の中であれこれと苦悶《くもん》していたようだったが、やがて表情を取り繕《つくろ》って姿勢を正す。

「秀清、どうした？」

「なんでもありません。では僕は仕事がありますので。とりあえず、今日のところはこれで」

後のことは後で考えることにしたのか、そう言って秀清は専務室を出て行った。

秀清が部屋を出て行くと、樗賢がソファーに座る向日葵を強く抱きしめた。

息苦しいほどに強い抱擁と樗賢の匂いに、脳がくらくらする。

「さっき一瞬、樗賢さんが本当に土下座《どげざ》したらどうしようかと焦りました」

「向日葵のためなら土下座しても構わないが、あの男が約束を守るような男ではないことはわかっているから、そんなことはしないよ」

クスリと笑う樗賢が、大きな手で向日葵の髪を優しく撫《な》でた。

その感触に、トオルの部屋でハムスターの絵を見てから心に燻《くす》ぶっていた思い出が、ハッキリとした輪郭を結ぶ。

「もう……。そうだっ！　そんなことより、あの飛行機事故が起きた時、私の手を握っていてくれたのは樗賢さんだったんですね」

——今ならわかる。あれは樗賢さんの手だったんだ。

そう確信を持って見上げる向日葵のおでこに、樗賢が優しく口付けをする。

「今頃、思い出したのか？　あの事故の日、私の母の名前も乗客名簿にあったため、あの場所に駆けつけていた。そして小さな君に出会った」

「うん」

あの日、錯綜《さくそう》する情報に右往左往していた大人たちの姿を見て、幼心にも、両親には二度と会えないのだろうという予感がしていた。

そんな状況で、向日葵がその場にいられたのは、ずっと手を握っていてくれた人がいたから。そしてその人は確かにユキタケと言った気がする。

「あの日から、ずっと君のことを見守っていた。君が困った時には、迷わず手を差し伸べたいと思っていた」

「あの日、本屋さんで会ったのは？」

「あれは偶然だ。だから、あんなことがあって驚いて逃げ出してしまった」

「どうして？」

「小さかった君が、知らない間に成長していたことに驚いた」

「変なの……」

思わず笑ってしまう向日葵に、樗賢は短い口付けをする。

「あの日からずっと君だけを見ていた私が、今更心変わりするわけがない。だから信じて、私の側にいてほしい。……というよりも、絶対に私から逃がさない」

「もう……」

強引な発言に、向日葵はため息を漏らした。

だがこう断言された以上、自分が樗賢から逃げられないのもわかっている。

そして自分自身、甘さを含んだ柑橘類《かんきつるい》の匂いがするこの腕に囚《とら》われていたいと思っているのだ。

エピローグ　ハムスター王子と向日葵

休日の朝、樗賢は、同じベッドで眠る向日葵の白く華奢《きゃしゃ》な肩をそっと撫《な》でた。

初めて出会った十六年前、まだ幼い向日葵を、無条件に守ってあげたいと思った。

高校生になった向日葵に再会した時は、いつの間にか成長した彼女に戸惑った。

そして今、大人の女性に成長した向日葵が、自分のベッドで眠っている。

——成長したとはいっても、標準よりは小さいけど。

一人笑う樗賢は、その手を肩から背中へと移動させた。

そうしていると緩やかに隆起する肩甲骨《けんこうこつ》に荒々しく口付けをしたい衝動に駆られるが、起こしてしまうと可哀想なので、彼女が目覚めるまでは我慢しておくことにする。

一生、手放す気がないのだから、焦る必要はない。

手足を曲げて横向きに眠る向日葵は、まだ幼く危うい感じがして、今でも守ってあげたいと思わずにはいられない。

——自分が、庄野院樗賢でよかった。

初めて、自分が庄野院家の人間であることに心から感謝していた。

幼い頃から庄野院家の次期当主という立場を重荷に感じていたが、そのおかげで向日葵を守れるのなら、どんな責務にだって耐えられる。

「……私……気付いたことがあるんです」

「ん？　なにを？」

寝ているとばかり思っていた向日葵の声に、樗賢が問う。

「学生時代、同級生の子が恋愛で騒ぐのを横目で見ていて、誰かを好きになったことのない自分っておかしいのかなって、不安を感じていたんです。両親のことがあったにしても、片思いもしないなんてって」

「ああ……」

「唯一、高校時代に、私を本から守ってくれた樗賢さんのことだけは、王子様みたいでカッコいいと思いました」

王子様という表現に照れる樗賢に、向日葵は「でも違ったんですね……」と寝ぼけた声で呟《つぶや》いた。

そうして樗賢の大きな手を自分の頬へと持っていく。

「私は、事故の起きたあの日、まだ幼くて恋がどんなものか知らないうちに、樗賢さんに恋をしていたんです。だから樗賢さん以外の他の誰にも、ドキドキしなかったんだ」

「ああ。なるほど。……だとしたら私もあの日、恋というものに興味を持つ前から、君に恋をしていたのだろう」

最近気付いたのだが、どうやら自分には物欲がないのではなく、向日葵という存在のみを強く欲しているらしい。樗賢は、納得した様子で頷いた。

——向日葵以外欲しくないし、向日葵のためならどんなことでも出来る。

近い将来、この独占欲の強さで彼女に嫌われてしまうのではないかという不安すらある。

「恋の意味を知る前から、両思い……。なんだか私たち、……すごいですね」

「そう思ってくれるのなら、この先も私を嫌わずにいてくれ」

「私が……槽賢さんを嫌いに？　……まさか」

まだ微睡《まどろ》みの中にいるのか、一瞬クスリと笑った向日葵は、槽賢の手に頬を寄せて規則正しい息を漏らしている。

その微睡みを邪魔しないよう注意しながら、槽賢は向日葵の額にそっと口付けをした。

父親の会社を乗っ取られ、家も職も失った莉奈。
一家を助けるためにキャバクラで働こうと
考えていた彼女に声をかけてきたのは、
彼女から全てを奪った張本人、
そして初恋の人でもある高史だった。
彼は行き場のない莉奈に
非情な提案を持ちかけてきて……

B6判　定価：640円+税　ISBN 978-4-434-20187-5

冬野まゆ（とうのまゆ）
関西出身。子供の頃から読書好き。2015 年、「秘書見習いの溺愛事情」にて出版デビューに至る。

イラスト：あり子

秘書見習いの溺愛事情（ひしょみならいのできあいじじょう）

冬野まゆ（とうのまゆ）

2015年 2月 28日初版発行

編集ー蝦名寛子・宮田可南子
編集長ー塙綾子
発行者ー梶本雄介
発行所ー株式会社アルファポリス
〒150-6005 東京都渋谷区恵比寿4-20-3 恵比寿ｶﾞｰﾃﾞﾝﾌﾟﾚｲｽﾀﾜｰ5F
TEL 03-6277-1601（営業） 03-6277-1602（編集）
URL http://www.alphapolis.co.jp/
発売元ー株式会社星雲社
〒112-0012東京都文京区大塚3-21-10
TEL 03-3947-1021
装丁イラストーあり子
装丁デザインーansyyqdesign
印刷ー中央精版印刷株式会社

価格はカバーに表示されてあります。
落丁乱丁の場合はアルファポリスまでご連絡ください。
送料は小社負担でお取り替えします。

ISBN978-4-434-20337-4 C0093